UN PONT
SUR LA LOIRE

DU MÊME AUTEUR

ROMANS NOIRS

Après la pluie (La Table Ronde).
Patte de velours (La Table Ronde). Prix Paris Première 1994.
Tueurs de flics (La Table Ronde/Petite Vermillon).
La Nuit des Chats bottés (La Table Ronde/Petite Vermillon).
La Théorie du 1 % (La Table Ronde/Petite Vermillon).
Le Souffle court (La Table Ronde/Petite Vermillon).
Polichinelle mouillé (La Table Ronde/Petite Vermillon).
Au-dessus de l'arc-en-ciel (La Table Ronde/Petite Vermillon).
Sniper (La Table Ronde/Petite Vermillon).
Sous le regard des élégantes (La Table Ronde/Folio).
Brouillard d'automne (La Table Ronde/Petite Vermillon).
Le Faiseur de nuées (La Table Ronde/Petite Vermillon).
L'Adieu aux anges (La Table Ronde/Petite Vermillon).
Bleu de méthylène (Gallimard/Folio). Prix Entre guillemets 1997.
Clause de style (Gallimard/Folio).
Gentil, Faty ! (Actes Sud/Babel).
Querelleur (Actes Sud/Babel).
Reines dans la ville (Baleine).
Les Enfants de lune (Denoël).
Le Loup d'écume (Albin Michel).
Les Hauts Vents (Librio)

ROMANS

Les Foulards rouges (J.-C. Lattès). Prix des Maisons de la presse 2001, Prix Paul-Féval 2001.
Quadrige (La Table Ronde).
Jeunes femmes rouges toujours plus belles (La Table Ronde/Petite Vermillon).
La Manière douce (La Table Ronde).
Ciao, bella Ciao ! (La Table Ronde)
Des lendemains enchanteurs (Actes Sud/Poche).
Au bord de la mer blanche (Gallimard).
Une charrette pleine d'étoiles (Gallimard/Folio).
Un homme en harmonie (Gallimard/Folio).
Frivolités d'un siècle d'or (Julliard).

NOUVELLES

Adieu, Alice, adieu sweetheart (Ramsay).
Perdre la pause (La Table Ronde).
La Lorette hallucinée (La Table Ronde).
Égérie légère (La Table Ronde).
Retour à Zlin (Les Belles Lettres/Poche).
Les Neuf Cercles de l'enfer (Les Belles Lettres/Poche).
Mort d'un lapin urbain (Les Belles Lettres/Poche).
Chrysalide des villes (Les Belles Lettres/Poche).
Cendres et sang (Ed. du Rocher).
Le Loup par les oreilles (Éd. du Rocher).
Un dimanche anglais (Éd. du Rocher).
La Colline de cristal (NéO), épuisé.
La Mare du petit malheur (Durante).
Speakeasy (NéO), épuisé.
La Nébuleuse du Nord (NéO), épuisé.
Mélodie bleu nuit (Mille et une Nuits).
L'Homme de Berlin (NéO), épuisé.
Mélancolie pour chevau-léger (NéO), épuisé.
Poussière d'éternité (Messidor), épuisé.

ESSAI

Chronique d'une liquidation politique (La Table Ronde).

SUR FRÉDÉRIC H. FAJARDIE

Frédéric H. Fajardie, par Jérôme Leroy, Éd. du Rocher, coll. « Domaine français », 1994.

FRÉDÉRIC H. FAJARDIE

UN PONT SUR LA LOIRE

Roman

LA TABLE RONDE
7, rue Corneille, Paris 6e

ISBN 2-7103-2455-5.

À Francine.

Au souvenir d'une jolie et tendre Polonaise…

À la mémoire des 120 000 soldats français tués en mai-juin 1940
et à celle des soldats sénégalais massacrés par les nazis.

Dimanche 16 juin 1940.

Premier jour.

1

— Ils leur ont lié les mains derrière le dos, toute la patrouille, tous les huit. Puis ils les ont jetés sous les chenilles d'un char. Le char reculait et avançait en les écrasant. Voilà, ça s'est passé comme ça, mon colonel.

Le colonel Edmond Valadon, du cadre de réserve, était un homme d'une soixantaine d'années, grand, athlétique, le visage d'un curieux rose crevette et le regard bleu lavande.

Il ôta son casque, s'essuya le front à l'aide d'un mouchoir d'un blanc douteux puis s'assit sur le talus. Son regard se perdit du côté des réfugiés lancés sur les routes par l'avance allemande.

Il se sentait dépassé, réaction assez naturelle lorsque tout un monde s'effondre autour de vous. Pourquoi cette guerre était-elle si différente de la précédente ?... Vingt-deux ans plus tôt, l'Allemagne impériale capitulait. Aujourd'hui, il n'y fallait plus songer et c'est la France, civile et militaire, qui se ruait vers le sud par toutes les routes possibles.

Le colonel pensa au suicide. L'honneur, la France... Survivre à une telle débâcle lui semblait presque infamant. Et sans doute, en cet instant de grand abattement, aurait-il mis fin à ses jours s'il n'était resté sous ses ordres une centaine d'hommes, reliquat de son magnifique régiment de tirailleurs sénégalais.

Il se ressaisit et leva les yeux. Dans une tenue impeccable, le sergent Toko Samboura, vingt-sept ans, se tenait toujours au garde-à-vous. Malgré les circonstances, Valadon éprouva une grande fierté à commander de tels hommes. Eux, les Africains, savaient se tenir quand tant de soldats français de métropole, démoralisés, allaient débraillés, parfois sans armes.

Le colonel songea à sa famille, puis à son usine d'alternateurs. Les siens, autour de son épouse, sans doute terrés derrière les volets clos de l'appartement de la rue de Longchamp. L'entreprise de Vitry abandonnée de ses ouvriers.

En quelques jours, tout s'était délité. Le 10, avec l'ordre d'évacuation de tous les enfants de moins de quatorze ans, Paris s'était vidé comme un lavabo brusquement débouché — les familles ne voulant pas se séparer. Le même jour, l'Italie déclarait une guerre sans grands risques à une France K.-O. debout. Le lendemain, 11 juin, Paris était déclarée « ville ouverte ». Le 12, le haut commandement donnait « l'ordre de retraite générale des armées ». Le 14, Paris était occupée par les Allemands. Le 15, le colonel Valadon perdait son régiment, scindé en plusieurs tronçons par les attaques conjuguées des panzers et des Stukas de la Luftwaffe. Et aujourd'hui, alors qu'il atteignait la Loire, les avant-gardes de la Wehrmacht arrivaient... et jetaient ses soldats noirs sous les chenilles de leurs chars.

Le colonel baissa les yeux. Il ressentait quelque chose d'étrange face à Samboura. Quelque chose de nouveau.

L'instant n'était certes pas propice aux introspections mais il n'y pouvait résister…

Jusqu'ici, sa vie avait été simple et agréable. Belle guerre de 14-18, beau mariage, belle réussite de ses fils — un chirurgien et un avocat —, adorables petits-enfants, une jeune maîtresse aux goûts modestes, la maison des Landes, l'usine, la lecture quotidienne de *L'Action française* jusqu'à l'excommunication des journalistes royalistes, des certitudes, un sens au mot « avenir ».

Mais à Laon, onze de ses Sénégalais avaient été brûlés vifs par les Allemands. Aujourd'hui, on les jetait vivants sous les chenilles des chars. Le colonel était assez subtil pour comprendre que, dès lors, la guerre n'était pas égale pour lui et ses soldats, que les risques n'étaient pas partagés. Capturé, il pouvait espérer une certaine courtoisie de son homologue allemand avant d'être dirigé vers un oflag. Ses hommes, eux, risquaient l'exécution sommaire dans d'atroces conditions.

Il se leva et, d'un ton plus rude qu'il n'eût souhaité :

— Où cela s'est-il passé, sergent ?

— Vingt kilomètres plus au nord-ouest, mon colonel.

— Mais… Vous avez assisté à cela sans rien faire ?

Samboura fut choqué par la question, ce qu'elle contenait de suspicieux. Il se troubla légèrement :

— Les Allemands étaient nombreux, mon colonel. J'étais seul dans un avant-bois…

Valadon le coupa, et, d'un ton très pédagogique :

— Samboura, on ne dit pas un « avant-bois » mais « l'orée d'un bois ».

Le regard du Sénégalais et son air incrédule reflétaient assez son opinion : quelle importance ?

Le colonel en fut gêné.

— Poursuivez, sergent.

— Eh bien, mon colonel, il restait deux camarades, mains liées derrière le dos, qui attendaient leur tour. J'ai épaulé mon fusil. Deux balles. En pleine tête : je suis le meilleur tireur du R.T.S.[1].

— Vous avez... Quoi ? demanda Valadon, stupéfait.

— J'ai abattu mes camarades. C'était mieux. J'aurais préféré ça, à leur place. Quand le char approchait lentement des hommes jetés sur la route dans cette bouillie de viande, ils hurlaient. Une grande terreur. La peur, c'est une douleur, mon colonel. Et on l'emporte dans la mort pour toujours.

Valadon se sentait perdu. Cet homme, le courageux et intelligent sergent Toko Samboura, aurait dû être traduit séance tenante devant une cour martiale et fusillé dans les deux heures. Mais le colonel n'avait pas le cœur à le punir, pas même à le blâmer, étant donné que le code de justice militaire ne poussait pas si loin la réflexion concernant une telle situation.

Il remit son casque en disant :

— Sergent, je n'entends pas ce que vous êtes en train de me dire. Au reste, vous ne l'avez pas dit. Nous sommes d'accord ?

— Ce qui est dit est dit, mon colonel. Mais le vent, parfois, emporte les paroles loin dans les plaines sans fin.

1. Régiment de tirailleurs sénégalais.

— Très bien, voyons les choses ainsi. Et faites réveiller les hommes. Départ dans dix minutes.

Le sergent Samboura salua et effectua un demi-tour parfait.

Comme s'il n'attendait que cet instant, le commandant Robert Ninsgern s'approcha. C'était un homme de quarante-six ans, officier d'active, fervent catholique et, comme Valadon, plutôt réactionnaire. De petite taille, prématurément chauve, il en imposait cependant par son apparence : toujours ganté, bottes impeccables, cravache sous le bras, képi posé droit sur la tête au millimètre près. L'effondrement de son univers n'avait pas altéré le soin qu'il portait à sa tenue.

— Du nouveau, mon colonel ?

Valadon lui adressa un regard accablé.

— Les Boches jettent nos Africains vivants sous les chenilles de leurs chars.

Ninsgern chancela.

— Ce n'est pas possible !... Ce sont des hommes... des soldats magnifiques... Ce que l'Empire français a suscité de plus remarquable !... Avec ceux des D.I.N.A.[1], bien entendu.

« C'est un crétin, mais je l'aime bien », songea le colonel Valadon. Il se souvenait, non sans nostalgie, de la « drôle de guerre ». Bien que le commandant Ninsgern manquât de culture et d'agilité d'esprit, il avait été un interlocuteur à peu près supportable durant ces longs mois d'inactivité.

Valadon précisa cependant :

---

1. Division d'infanterie nord-africaine.

— Au motif que quelques Sénégalais ont couché avec des Allemandes… assez pressantes… pendant l'occupation de la Ruhr, ils leur prêtent une magie sexuelle dont ils sont jaloux, comme ils sont jaloux de leurs extraordinaires qualités de combattants. Ajoutez que leur foutu Hitler est un cinglé et un pousse-au-crime, vous voyez le tableau, je présume.

Ninsgern allait répondre lorsqu'il remarqua que les cent vingt Sénégalais, sortant des fossés où ils dormaient, s'alignaient en présentant les armes. Précédée de deux motards, une voiture approchait et Ninsgern songea : « Une automobile qui vient du sud et monte au front, c'est exceptionnel. » Puis, sur les ailes, il reconnut les fanions d'un général de corps d'armée.

Et en effet, un général, silhouette épaisse et double menton, en descendit. Après un coup d'œil satisfait aux Sénégalais qui présentaient les armes dans un alignement parfait, il marcha droit vers le colonel Valadon.

Le général l'observa un instant puis, d'un ton cassant :

— Pour retenir les Allemands, il faut constituer un bouchon, colonel.

Le colonel, un peu étonné, hocha la tête et le général reprit en pointant un doigt sur la carte :

— Vous les contiendrez ici même. Sur les hauteurs situées à six kilomètres derrière vous, vous serez appuyés par deux 155 G.P.F.[1] et, à une vingtaine de kilomètres, par une pièce d'A.L.V.F.[2]. De quoi écraser la gueule des Boches et détruire les ponts de Chessy au dernier moment.

1. Grande puissance Filloux.
2. Artillerie lourde sur voie ferrée.

— Bien, mon général.

Le général parut surpris de tant de bonne volonté et son regard s'attarda sur les civils et les militaires qui se hâtaient sur la route. Unités mélangées, valse des écussons et des uniformes : régiment d'infanterie de forteresse, groupe de reconnaissance divisionnaire, hommes démontés d'une D.L.M.[1] et même un groupe de sous-offs d'un régiment d'artillerie de montagne.

Un vertige !... Un cauchemar !...

Le général reporta son attention sur le colonel Valadon qui se tenait raide, mais dont la disponibilité ne semblait pas feinte. Le général, revenu de bien des choses depuis quelques jours, ne s'étonnait plus. C'était ainsi : des hommes fuyaient en jetant leurs armes, d'autres, souvent obscurs, s'accrochaient au terrain sans ordres, sans qu'on sache pourquoi, et se faisaient tuer sur place.

Il reprit :

— Colonel, il manque un maillon à ce dispositif. À deux kilomètres, les ponts jumeaux fer-route du bourg de Chessy-sur-Loire ne sont pas défendus. Et bien entendu, ils n'ont pas été minés. Si les Allemands passent par là, ils massacreront nos arrières. Voyez-vous... n'est-ce pas... obliger ces fuyards à défendre les ponts ne servirait à rien : ils s'enfuiraient dès que vous tourneriez la tête. Cherchez des volontaires, constituez un bouchon sur les ponts. Entre vous ici, les positions aménagées sur les ponts, les 155 G.P.F. et enfin l'artillerie lourde derrière Chessy, nous aurons quatre niveaux de défense. M'avez-vous compris, colonel ?

1. Division légère mécanisée.

— Parfaitement, mon général.

— Votre bravoure sera connue en haut lieu, colonel... Colonel ?

— Valadon, mon général.

Ravi, le général lui tendit la main et Valadon, ému, la serra avec respect.

Cependant, ni le colonel Valadon ni le commandant Ninsgern ne parurent choqués en constatant que, pendant cette courte conversation, le chauffeur du général avait fait effectuer un demi-tour à son véhicule.

Précédé de ses motards, le général de corps d'armée fonçait vers le sud...

2

Le colonel avait pris d'énergiques dispositions. Ainsi avait-il ordonné à ses hommes de creuser un fossé antichar et envoyé une section quelques kilomètres en avant de sa position, à hauteur d'un carrefour. Mitrailleuse en batterie, les Sénégalais ne laissaient l'accès de la route de Chessy-sur-Loire qu'aux seuls militaires, canalisant les civils vers une autre route qui rallongeait leur itinéraire d'une dizaine de kilomètres mais les menait cependant à un autre pont, miné celui-là.

Depuis lors, le colonel Valadon arrêtait systématiquement les officiers, tâtant leur volonté de résistance. Et jamais encore il n'avait ressenti une telle honte devant l'accumulation de mauvais prétextes. Profitant de la cohue vers la Loire, la plupart prétendaient chercher leur unité que, bien souvent, ils précédaient.

D'autres, appartenant à l'armée de Paris et à la 8e armée, s'alignaient sur le nouveau front allant de La Charité à Digoin, soit près de cent vingt-cinq kilomètres. Leurs ordres étaient précis et, s'ils compatissaient aux malheurs du colonel, ils n'entendaient pas se détourner de leur mission, trop heureux d'échapper à l'engorgement des ponts à Gien, Briare et La Charité.

La chance sourit au colonel lorsqu'un capitaine d'infanterie accompagné d'un sous-lieutenant et de quatre soldats accepta sans discuter d'assurer la défense des ponts.

Puis le colonel parvint à convaincre les servants d'une pièce de 75 hippomobile et, coup sur coup, l'équipage d'un char F.C.M.[1] et deux artilleurs tractant un canon antichar de 25 mm derrière un camion... civil sur les flancs duquel on voyait une publicité pour Néocide.

En revanche, roulant sur les bermes, deux redoutables chars Somua refusèrent de stopper et pareillement, dix minutes plus tard, trois automobiles d'officiers qui fonçaient en klaxonnant sans arrêt pour obliger les soldats à s'écarter. Il en alla de même avec une chenillette ultramoderne dont le conducteur, un sergent-chef, faillit écraser le colonel et le commandant Ninsgern.

Puis ce fut l'enfer.

Les pilotes des avions allemands remontaient en rase-mottes les colonnes de militaires, négligeant souvent ceux qui allaient à pied afin de réserver leurs coups à tout ce qui roulait ou représentait un danger pour la Wehrmacht.

Avec un juron, le pilote du premier avion rata la chenillette dernier cri, celle qui avait foncé sur le colonel et dont le conducteur, avec un réflexe imparable, braqua brusquement à droite en bloquant une chenille pour aller zigzaguer avec adresse entre les arbres.

---

1. Forges et chantiers de la Méditerranée.

Les chars Somua lui échappèrent également, les équipages ayant décidé de progresser sur les chemins forestiers afin de gagner un autre pont.

Le pilote allemand eut plus de chance avec les trois automobiles des officiers fuyards, le camion de Néocide tractant la pièce de 25 mm, les artilleurs du 75 et enfin le char F.C.M. qu'il toucha à quelques mètres d'un des ponts.

Les avions qui suivaient achevèrent la besogne, et tout fut dit.

☆

— Merde ! maugréa le capitaine Rollet, abrité derrière le parapet du pont.

Réserviste de quarante-quatre ans, fonctionnaire au ministère des Finances, père de famille et socialiste, il se demandait encore pourquoi il avait accepté de défendre ces ponts. Peut-être les regards curieux, voire amusés, des soldats sénégalais creusant le fossé antichar et prêts à se battre pour un pays qui n'était pas le leur, peut-être ces regards pesèrent-ils lourd dans sa décision, suscitant chez le capitaine une honte diffuse.

Il poursuivit le cours de ses pensées, mais à voix haute :

— Quoi qu'il en soit, si ce char et l'artillerie qui suivait étaient bien ceux que le colonel du R.T.S. nous avait promis par radio, c'est foutu.

— On se battra quand même, mon capitaine !

Le capitaine observa le sous-lieutenant Lynen avec surprise, comme s'il découvrait seulement sa présence.

« Drôle de jeune homme », songea-t-il.

Lynen, vingt-trois ans, était officier de carrière, saint-cyrien et fils de général. Un univers différent de celui du capitaine d'autant que Lynen prenait plaisir à en rajouter dans le côté mondain avec l'intention à peine voilée d'agacer son supérieur.

— Allons voir s'il y a quelque chose à sauver ! répondit le capitaine.

Partiellement brûlé, le char F.C.M., malgré ses dix tonnes, avait été éventré sous l'impact de la bombe. Curieusement, le moteur diesel, un Berliet de 83 chevaux, paraissait intact. En revanche, on distinguait des restes noirâtres, comme caoutchouteux, d'où émergeaient des os et un crâne : tout ce qu'il restait des deux hommes d'équipage.

Dans leurs automobiles incendiées, les officiers achevaient, eux aussi, de se carboniser. Le canon de 75, attaqué à la bombe, était hors d'usage, tous les servants et les chevaux tués. Seule la pièce de 25 mm antichar paraissait intacte mais ses deux servants avaient été sciés par les rafales de mitrailleuses dans la cabine du camion Néocide.

— Il faudra ramener la pièce ! lança sans conviction le capitaine dont la volonté de résistance s'émoussait.

— Avec quoi, mon capitaine ? demanda Lynen.

☆

Le sergent-chef qui conduisait la chenillette remit le moteur en marche mais sentit posé sur lui le regard ironique de son compagnon.

Néanmoins, il recula habilement entre les arbres et replaça son engin sur la route. Alors seulement, il offrit une gauloise au soldat qui l'accompagnait et, d'un ton résigné, demanda :

— Alors ?... Allez, parle !

— Que veux-tu que je te dise ?

Le sergent-chef Henri Dragance était âgé de cinquante-deux ans. Grand, mince, de larges épaules, le front haut et dégarni, les cheveux gris, le visage osseux et tourmenté, il ne manquait cependant pas de charme, et le savait parfaitement. Dans le civil, c'était un romancier relativement connu, soutenu par son éditeur, Gaston Gallimard, qui semblait l'estimer. Pourtant, il n'avait jamais remporté de grand succès mais avait conquis un public fidèle et non conformiste, roman après roman. Soldat dans l'artillerie en 1914-1918, il avait été nommé lieutenant mais cassé de son grade pour avoir giflé son colonel qui avait donné l'ordre de tirer au canon sur des soldats mutinés en 1917.

Engagé dans l'armée républicaine espagnole pendant la guerre civile, il avait servi comme officier d'artillerie dans le 13e bataillon Henri-Barbusse de la 14e Brigade internationale avant d'être blessé au ventre à l'automne 1938.

Rappelé en 1939 dans un service de traducteurs, il avait fait jouer ses relations pour combattre dans l'artillerie.

Henri Dragance appartenait à la S.F.I.O.[1].

Son compagnon, le soldat Nicolas Chevtenchenko, âgé d'une trentaine d'années, était aussi grand que maigre. Arrivé de Russie encore enfant, il s'était parfaitement intégré. Ancien étudiant des Beaux-Arts, il commençait à bénéficier d'une renommée certaine et, si Léon Blum avait écrit à Dragance pour le féliciter de son dernier roman, Pablo Picasso, lui, s'était déplacé lors du dernier vernissage de Chevten-

1. Section française de l'Internationale ouvrière. Parti socialiste de l'époque.

chenko afin de marquer publiquement l'estime en laquelle il tenait le jeune peintre.

Bien que son cœur fût plutôt à gauche, Chevtenchenko s'intéressait peu à la politique.

Rapidement, le peintre et l'écrivain, tous deux parisiens, étaient devenus inséparables. Les autres soldats de la batterie d'artillerie où ils servaient les appelaient « les artistes » et les officiers les ménageaient, eu égard à leur notoriété et aux puissantes relations qu'ils leur prêtaient.

Suivant la montée générale des troupes franco-anglaises vers la Belgique, ils avaient été rappelés en catastrophe vers l'arrière lors de la percée nazie dans les Ardennes. Davantage résignés qu'atterrés, ils avaient vu leurs officiers prendre la fuite en pleine nuit. Au matin, les hommes en firent autant, abandonnant les canons de 75 que Dragance et Chevtenchenko prirent le temps de rendre inutilisables par l'ennemi. Néanmoins, mousquetons à la main et airs peu accommodants, les « artistes » durent défendre contre leurs camarades la chenillette qu'ils avaient récupérée deux jours plus tôt dans un régiment de chars en fuite, un appareil officiellement et pompeusement appelé : Tracteur de ravitaillement pour chars, modèle 1937 Lorraine.

C'était un bel engin au capot court mais large, au pare-brise et à la cabine inspirés des modèles américains et au plateau ridelle qui pouvait contenir plusieurs hommes. Il évoquait assez un camion, n'était qu'en place des roues il utilisait des chenilles lui permettant l'accès à tous les terrains.

Dragance restait au point mort, moteur tournant, et Chevtenchenko le connaissait suffisamment pour savoir qu'il ne bougerait pas tant qu'il n'aurait pas obtenu de réponse à sa question.

Le soldat s'y résigna :

— T'avais dit qu'on se battait.

— Et alors ? répondit Dragance.

— Ce colonel, là, avec ses Sénégalais, juste avant les avions chleuhs, c'était la bonne occase, non ?

— Bon emplacement d'infanterie, mais inefficace pour l'artillerie.

— On repart, alors ?

— Cette bonne blague !

Dragance conduisait toujours très vite — comme il vivait —, aux limites de son engin qui ferraillait. Il klaxonnait peu, le bruit des chenilles faisant tourner les têtes et, voyant le Lorraine arriver à pleine puissance dans un nuage de poussière, civils et militaires s'écartaient.

Cependant, il freina brutalement à la hauteur de la pièce de 25 mm. Si brusquement que le tracteur Lorraine dérapa comme un pain de glace sur un carrelage impeccable.

Dragance et son ami jetèrent un regard aux artilleurs sciés en deux dans leur cabine puis l'écrivain et le peintre s'arrêtèrent devant la publicité peinte sur le flanc du camion. Sur un fond bleu-gris très délicat, on voyait une boîte sphérique marquée Néocide faisant face à toutes sortes de cafards et autres bestioles répugnantes. Le texte disait : *« Partout où ils se posent, Néocide les tue ! Néocide détruit la vermine ! »*

— En attendant… Vermine nazie : un but. Armée française Néocide : zéro. Merde, on l'a dans le cul ! plaisanta Dragance.

Chevtenchenko commenta :

— La vermine est là pour longtemps !

Dragance approuva d'un hochement de tête puis inspecta la pièce, en vérifia le fonctionnement et, levant les yeux vers son ami :

— On l'emmène !

Chevtenchenko soupira. Le plateau de la chenillette était déjà bourré de fûts d'essence, de munitions, d'armes diverses dont une mitrailleuse d'infanterie Hotchkiss modèle 1913.

Néanmoins, il aida Dragance à transborder les caisses d'obus de 25 du camion dans le Lorraine puis les deux hommes arrimèrent le canon au crochet arrière de la chenillette.

—Tu sais le faire marcher ? demanda Chevtenchenko qui ne connaissait que le canon de 75.

Dragance jeta son mégot sur la route et répondit :

— Un canon, c'est toujours pareil. Celui-là est seulement ultramoderne, mon p'tit pote ! 1934, t'imagines ? Officiel, il n'y a pas un blindage de char au monde qui résiste à ça.

Ignorant son ami qui haussait les épaules, Dragance remonta dans la cabine du Lorraine.

Ils roulèrent en silence puis le sergent-chef ralentit et immobilisa le tracteur d'artillerie.

Rêveur, il observa les deux ponts, un pont routier et le pont-fer qui le jumelait à moins de trente mètres. En revanche, son regard ne s'attarda pas sur l'épave du char F.C.M.

Quelques hommes s'affairaient à remplir des sacs de sable.

Le bourg de Chessy-sur-Loire commençait sitôt la sortie du pont. Des maisons anciennes, le cours paresseux de la Loire, un bois assez épais, des fleurs partout.

— Joli, non ? lança le sous-officier.

— Pas vilain ! répondit le soldat, méfiant.

— La position est excellente. On pourrait tenir un certain temps.

— Tu tiens à tenir ? demanda Chevtenchenko.

Dragance alluma une nouvelle gauloise et la tendit à son ami puis il fit de même pour son usage personnel.

Enfin, il répondit :

— Tu sais ce qui me fascine, ici ?

— La douceur du Val de Loire ?

— Non, c'est autre chose.

— Quoi donc ?

— Vois-tu, p'tit pote, c'est difficile à dire, même pour un auteur de la N.R.F. Mais je crois que c'est ici que je vais être tué.

Il adressa un clin d'œil à son ami très inquiet puis ajouta :

— Et allez donc !

Enfin, il embraya.

3

Le tracteur d'artillerie Lorraine franchit le pont et s'arrêta à proximité du capitaine Rollet et du sous-lieutenant Lynen.

Dragance et Chevtenchenko descendirent lentement du véhicule et ne saluèrent pas.

Rollet préféra ignorer la chose et remarqua l'insigne d'artillerie sur les casques des deux hommes.

— Félicitations pour cette... récupération ! Nous avons besoin de ce canon, sergent. Si vous acceptiez de rester parmi nous...

Le ton d'invite était aimable, celui de Dragance fut glacial :

— Écoutez, depuis quelque temps, le corps des officiers nous a beaucoup déçus aussi, le soldat Chevtenchenko et moi-même ne recevons plus d'ordres, pas même des souhaits.

Lynen portait déjà la main à l'étui de son arme. Dragance fut plus rapide et, sans la moindre émotion, enfonça le canon de son lourd revolver dans la poitrine du sous-lieutenant.

— Toi, merdeux, tu fermes ta gueule et tu bouges pas.

Près du pont, les quatre soldats affectés au remplissage des sacs de terre s'immobilisèrent, la pelle à la main.

Dragance reprit :

— Ça fait des jours et des jours qu'on voit des centaines d'officiers se tirer des pattes en auto, écrasant ou peu s'en faut leurs propres soldats, des femmes et des enfants. Alors c'est simple : on ne reconnaît plus votre caste.

Rollet ne parvenait pas à détester Dragance. Une curiosité extrême le poussait à connaître cet homme au visage dur.

Il répondit :

— Sans doute certains officiers se sont-ils déshonorés. Mais tous ne sont pas ainsi.

Dragance fut surpris. S'attendant à une vive réaction, il se détendit :

— Je sais. J'ai été lieutenant en 1917 et même capitaine en Espagne avant d'être rapatrié sanitaire avec une balle dans le ventre.

Il hésita et ajouta :

— Celle-ci, ce n'est jamais que ma troisième guerre.

Ces précisions portèrent à son comble l'embarras du capitaine Rollet. Bien qu'il ne fût pas militariste, il appréhendait à présent Dragance — même cassé de son grade, visiblement — comme un des siens, un officier, en somme. Et que ce fût en 14 ou en Espagne, sans doute avait-il fait preuve de courage et de savoir-faire, un savoir-faire qui manquait à Rollet coupé depuis vingt-deux ans — à part de très courtes périodes — de la vie militaire et surtout de la guerre moderne, celle qu'imposaient les Allemands.

D'un regard, il intima à Lynen l'ordre de se tenir tranquille puis entraîna Dragance à l'écart.

Enfin, il demanda :

— Volontaire en Espagne… dans les Brigades internationales ?

Dragance lui jeta un regard ironique.

— Chez qui d'autre ?

— Et cassé de votre grade… en 1917 ?

— Je me sentais plus proche des mutins que du général en chef ! répondit Dragance non sans insolence.

Rollet passa outre :

— J'étais blessé, en 17. Dans le cas contraire, je n'aurais pas pu réprimer les mutins.

Il hésita et ajouta :

— Je crois savoir le genre d'homme que vous êtes… Moi-même, je suis socialiste, membre de la S.F.I.O.

Dragance ébaucha un vague sourire.

— Ça tombe pile : moi aussi !

Le capitaine lui tendit la main et le sergent-chef ne vit aucune raison valable de la refuser.

— Maurice Rollet.

— Henri Dragance.

Le capitaine, stupéfait, recula d'un pas et scruta son interlocuteur.

— L'écrivain ?

— Davantage « vain » que « écrit » par ces temps de grande trouille.

Puis, provocateur :

— On se tutoie… camarade ?

Le capitaine, qui allait de surprise en surprise, balbutia :

— Si vous voulez…

D'un geste large, Dragance désigna le paysage.

— Alors puisqu'on est entre camarades, je serai franc et discret, pas la peine d'ameuter les populations. Franchement, tu t'organises vraiment très mal. Bon, il y a quelque chose, derrière nous ?

— Deux 155 G.P.F. et une pièce d'A.L.V.F.

— S'ils n'ont pas foutu le camp !... Enfin, t'as un bon appui... un peu théorique... derrière. Devant, tu as les Sénégalais. La position n'est donc pas trop mal défendue en amont et en aval. C'est ici que ça gaze pas fort. Qu'est-ce que t'espères, là, avec tes dix sacs de sable : construire un château de sable ?

— Eh bien, fortifier la position.

— Mes couilles !... Comme ça, tu n'arriveras à rien. Laisse-moi faire. Rassemble tes hommes et fais semblant de m'investir pour sauver les apparences.

— Oh ! tu sais, les apparences...

— Si, si !

☆

Casqués, tenues impeccables, mousqueton ou fusil à la main, Rollet, Lynen, leurs quatre hommes et Chevtenchenko attendaient dans une attitude menaçante tandis que Dragance, revolver à la main, faisait arrêter les véhicules franchissant le pont et descendre les officiers et soldats.

Il s'étonna de la passivité des hommes mais rencontra beaucoup de mauvaise volonté chez les officiers qu'il ne manqua pas d'agresser :

— C'est beau de vous voir enfin résister... fût-ce à l'armée française !

À la grande joie de ses « prisonniers », il dut botter le derrière d'un général récalcitrant, directeur du service vétérinaire, après l'avoir extrait de sa Packard en lui collant le canon de son revolver sur l'oreille.

Pêche miraculeuse : bientôt, près d'une centaine d'hommes attendaient, plus curieux que révoltés.

Dragance, monté sur le toit du tracteur pour chars, parla brièvement :

— Vous vous trissez, libre à vous ! Mais que des cons comme nous tiennent ces ponts, ça vous donne de la marge et ça vous arrange bien. Alors va falloir être juste… Agissant sur ordre du capitaine Rollet ici présent, je vous informe donc que vous êtes requis pour la construction d'un fortin et d'une barricade.

Il y eut des protestations que Dragance fit taire en tirant en l'air à trois reprises.

— Vu votre nombre, vous en aurez à peine pour la journée, sans compter que de nouveaux venus vont se joindre à vous dans l'enthousiasme et la bonne humeur.

Il y eut quelques rires.

Dragance, sentant qu'il l'emportait, ajouta :

— C'est réglo. On se bat, vous vous barrez. Si vous ne nous donniez pas ce petit coup de main, vous seriez de fieffés salopards. Alors, au boulot !

Nul ne protesta.

Dragance observa les chasseurs alpins, fantassins, rescapés de régiments d'artillerie divisionnaire, soldats à vestes de cuir des divisions cuirassées, types de l'intendance, du génie, des transmissions, du service de santé…

Les « travailleurs volontaires » s'attelèrent à la tâche sous la surveillance débonnaire du sous-lieutenant Lynen et de ses quatre hommes, le caporal Faye, les soldats Lengrand, Marchal et Alamichel.

Dragance avait donné des ordres précis, allant jusqu'à dessiner quelques croquis. On avait réquisitionné des haches et des scies au bourg et le blockhaus de rondins prenait forme. L'endroit, au débouché du pont, avait été judicieusement choisi, bénéficiant d'un épaulement sur le remblai.

Pendant ce temps, d'autres soldats construisaient une barricade. Avec le Lorraine, Dragance et Chevtenchenko remorquèrent dans une gerbe d'étincelles les épaves des automobiles des officiers fuyards une fois qu'on eut enterré leurs restes calcinés dans une fosse surmontée d'une croix, elle-même coiffée d'un casque bosselé.

Les automobiles incendiées, installées pare-chocs contre pare-chocs, barraient la rue. Elles furent emplies jusqu'au toit de sacs de terre pour mieux les lester puis, fouillant le village, les soldats commencèrent à en ramener toutes sortes d'objets, de la cardeuse de matelassière au char à bœufs. En outre, une longue chaîne humaine montait des pierres depuis la Loire et ceux qui les réceptionnaient les utilisaient pour boucher les vides, ménageant cependant quelques espaces de tirs.

Enfin, Dragance prit soin d'ouvrir une chicane pour laisser passer les véhicules, chicane qu'il serait facile de refermer une fois les Allemands en vue.

Passant près du capitaine Rollet, Dragance lui glissa :

— T'as remarqué ? La construction d'une barricade, même par ceux qui ne la défendront pas, c'est toujours un événement joyeux.

— 1848… Commune de Paris… répondit Rollet.

— Ouais, ben ne rêvons pas trop : elle est loin, la Commune !

Dragance, laissant Rollet sur place, partit inspecter les ponts. Suspendu à une corde assujettie au parapet par Chevtenchenko, il fit le tour de chaque pile du pont routier.

Déçu, il recommença l'opération sur le pont de chemin de fer et, très vite, Rollet remarqua l'excitation du soldat Chevtenchenko.

Le capitaine brûlait de s'approcher, d'en apprendre davantage mais n'ignorait pas que toute question de sa part accentuait sa dépendance vis-à-vis de Dragance.

Il vécut pendant une demi-heure un petit supplice, à peine distrait par l'édification de la barricade qui prenait des proportions impressionnantes, ou celle du blockhaus que sapeurs et pionniers construisaient dans les règles de l'art.

Enfin, Dragance et Chevtenchenko approchèrent, souriants. Tenant un lourd objet à la main, Dragance expliqua :

— Bonne nouvelle : le pont de chemin de fer est miné. Au jugé, quatre cents kilos de mélinite. Ils nous ont même laissé le détonateur avant de se barrer.

Et il lança le détonateur au capitaine qui l'attrapa de justesse avant de répondre, fébrile :

— Mais… Bon Dieu ! qu'est-ce qu'on attend pour le faire sauter ?

Dragance et Chevtenchenko échangèrent un regard amusé puis le sergent-chef prit un ton de grand mystère :

— On va pas te priver de ça, c'est une affaire entendue, mais, vois-tu, il y a le moment. N'aie pas d'inquiétude, aucun chleuh ne mettra le pied sur ce pont, tu as ma parole.

La barricade, haute de deux mètres et par endroits large de trois, pouvait être considérée comme achevée.

Côté blockhaus, le toit de rondins avait été recouvert de tôle ondulée puis de terre.

Le soleil déclinait, l'heure était venue de libérer les « travailleurs volontaires » dont les véhicules provisoirement confisqués formaient une longue file le long de la rue principale.

Dragance laissa au capitaine Rollet le soin de prendre congé. Il remercia, promit que les défenseurs du blockhaus et de la barricade feraient tout leur possible pour ralentir la ruée allemande et conclut par un sinistre :

— Je doute qu'on se revoie un jour.

La majorité des cent vingt hommes décampèrent aussitôt, qui à pied, en moto, en vélo, en camion… et même dans une benne à ordures de la ville de Paris.

D'autres hésitaient, s'empêtrant dans des formules gênées : « Eh ben, on vous dit “merde”, les gars ! » « Peut-être que les Boches viendront pas par ici »…

Dragance, qui redoutait rien moins que ce genre d'effusion, s'éloignait lorsque le sous-lieutenant Lynen le rattrapa.

— Excusez-moi, je voulais vous montrer quelque chose…

Voyant le trouble du jeune homme, le sergent-chef hocha la tête et le suivit.

Partagé entre la fierté et une certaine crainte, Lynen désigna une cuisine roulante en disant :

— Je me suis permis, n'est-ce pas, de la réquisitionner. Même ici il nous faudra manger et manger chaud, c'est bon pour le moral des hommes.

— Exact. C'est dans le manuel.

— Oui, n'est-ce pas. C'était une initiative, bien entendu.

Dragance réprima un sourire puis, observant son interlocuteur droit dans les yeux :

— C'était une bonne initiative… mon lieutenant.

Le jeune homme fut flatté : c'était bien la première fois depuis qu'il était arrivé avec le géant russe que Dragance donnait sans témoin son grade à un officier.

Dragance ajouta :

— Mais attention, n'en prenez pas l'habitude. Et faites relâcher les chevaux de la roulante.

— Vous aimez les chevaux ?

Dragance réfléchit un instant.

— Ils ne sont pour rien dans la connerie des hommes, mais ça ne les empêche pas de payer la facture.

— Tant d'autres la payent…

Dragance l'observa avec curiosité.

— Jeune homme, j'ignore comment vous et moi mourrons. D'où que vienne le coup, obus, bombe, balle, et pour peu qu'on ne meure pas sur l'instant, nous comprendrons notre mort. Comprendre, c'est déjà tenir la mort en respect et quand bien même elle l'emporte, c'est garder ses distances. J'aime les petits enfants, les chevaux, les mulets, les pauvres chiens et même les vaches parce que tous regardent sans comprendre leurs tripes qui s'échappent de leur ventre sur le goudron brûlant. Leurs corps fonctionnaient, un éclair, et ils se traînent, la colonne vertébrale brisée, les jambes amputées. Vous seriez surpris des regards d'incompréhension que j'ai croisés chez ces malheureux chevaux qui n'avaient eu d'autre tort que de nous servir loyalement.

— C'est étrange, ce que vous me dites là.

— Non, c'est tout à fait con mais c'est comme ça que je suis.

Il eut un bref sourire et ajouta :

— À mon âge, n'espérez plus me changer !

Venant des camions dont les moteurs tournaient déjà, des hommes revenaient vers les défenseurs les bras chargés de cigarettes, jambons entiers, piles de brie qu'on aurait pu suivre à l'odeur, bouteilles de vin par dizaines...

Il se trouva même un vieux caporal poussant une brouette — réquisitionnée Dieu sait où — contenant une vingtaine de bouteilles de Pernod.

À Rollet qui s'approchait, Dragance souffla :

— Si on meurt, ce ne sera ni de faim ni de soif.

— Mais justement, ça pourrait être l'heure du Pernod.

— Oui, à supposer que les aiguilles de nos tocantes aillent aussi vite que l'armée allemande.

— Allons quand même nous en jeter un ! insista le capitaine qui ajouta : Comme ça, on n'aura pas de regrets.

— Quel genre de regrets ?

Rollet hésita un instant :

— D'éternels regrets...

Dragance lui jeta un regard sévère.

— Éternels regrets, mes couilles : les morts n'ont qu'un regret, c'est de ne plus avoir de regrets.

Rollet hocha la tête.

— C'est bien un truc d'écrivain, ça !

— Non, c'est bon pour les vivants, toutes ces conneries. Rien de plus.

— C'est drôle, on dirait que tu cherches toujours à pousser les choses à fond. Ça doit te gâcher la vie.

— Choisir la vérité, c'est accepter l'inconfort. Tiens, en v'là une, de phrase d'écrivain à la con !

Ils échangèrent un sourire.

Les derniers camions démarrèrent peu après.

4

Une quinzaine d'hommes s'étaient portés volontaires pour combattre aux côtés des défenseurs mais la position n'aurait pas gagné grand-chose avec quelques fusils de plus, aussi leur avait-on demandé de filer.

En revanche, sur les conseils de Dragance, Rollet conserva auprès de lui deux mitrailleurs qui, ayant repéré la Hotchkiss à l'arrière du Lorraine, s'étaient proposés pour la servir.

Ainsi les soldats Mathet et Ruschetti se joignirent-ils aux huit défenseurs des ponts.

Côté roulante, les soldats Lengrand et Alamichel s'activaient déjà. C'était une roulante qui avait fait l'autre guerre, peut-être la Marne et Verdun, et malgré lui, avec une netteté qui le mit très mal à l'aise, Dragance eut la certitude qu'elle serait détruite ici.

Il se trouvait derrière les deux hommes assis sur des tabourets et surprit leur conversation.

Lengrand se plaignait :

— C'est quand même une salope. Pendant toute la « drôle de guerre », elle m'a tricoté des pull-overs et des chaussettes en laine. Bon, ça, question « marraine de guerre », j'ai rien à dire. Mais quand j'ai été la voir pendant ma perme d'avril, chez elle, à Neuilly, alors là vois-tu, mon vieux, j'ai bien compris que je gênais. C'est « marraine de guerre », mais ça tient pas trop à voir le soldat de près.

— Qu'est-ce que tu lui as dit ? demanda Alamichel.

— Ben, c'est que j'osais trop rien dire, justement : on buvait du thé. Du thé !... T'imagines ça, toi ?

Les deux hommes eurent un petit rire puis Lengrand reprit :

— Elle me disait comme ça : « C'est pas trop dur, pour vous, il ne se passe rien. » Ça, c'était rapport au communiqué, tu te rappelles : « La nuit a été calme sur l'ensemble du front »... J'étais en pétard, mais je bandais que d'une avec la tasse de thé dans une main et un petit biscuit dans l'autre et puis cette impression qu'elle m'avait pas à la chouette.

Les patates épluchées tombaient dans une bassine d'eau et, à chaque « plouf », les deux hommes marquaient étrangement un petit temps de silence.

Puis Alamichel demanda :

— Elle était gironde ?

— Une horreur ! Une gueule à bloquer les roues d'un corbillard.

Alamichel observa un instant son camarade.

— Nous, à Gentilly, on dit plutôt : « Une gueule à faire des contre-appels dans les cimetières. » Mais c'est du kif... Remarque, avec ta pine de coucou, tu lui aurais pas fait grand mal, à la bourgeoise.

Le sergent-chef s'éloigna sans écouter la réplique du soldat Lengrand.

Un grand spleen l'envahit et, pour faire diversion, Dragance regarda autour de lui.

Le plateau du Lorraine avait été vidé et les fûts d'essence mis à l'abri dans la cave d'une des deux maisons réquisitionnées par le capitaine Rollet. La chenillette elle-même se trouvait dissimulée sous un auvent.

Comme il l'avait demandé, les hommes avaient débroussaillé devant les positions de tirs de la mitrailleuse Hotchkiss et du F.M., la première installée dans le fortin et le second à la sortie du pont, à la faveur d'un épaulement du remblai.

L'apercevant, Chevtenchenko s'approchait du sergent-chef lorsque le caporal Faye, un spécialiste des transmissions responsable du poste émetteur-récepteur, sortit en courant d'une des maisons et hurla :

— Avions !... Avions !...

Chacun se mit à couvert et Dragance remarqua avec quelle vitesse le jeune Marchal, responsable du F.M., installait son arme en position de D.C.A.

Déjà, le sergent-chef se trouvait dans un trou, près du détonateur, lorsque Rollet sauta à ses côtés.

— Vous êtes cinglé, c'est exposé, ici ! lança Dragance revenu inconsciemment au vouvoiement.

— Peut-être, mais je veux comprendre vos combines.

Dragance haussa les épaules.

— C'est difficile à comprendre... Enfin, entre : chez moi, c'est chez toi.

Trois Stukas piquèrent et, les bombes du premier larguées, se dirigeaient vers la Loire, assez loin de la barricade visée, lorsque les mains de Dragance se crispèrent sur le détonateur.

Le geste fut si précis que les explosions n'en firent qu'une : la gerbe d'eau et de cailloux dans la Loire, le pont de chemin de fer qui se cabra avant de s'effondrer dans le lit de la rivière.

Les pilotes des deux Stukas suivants, sans doute atterrés, virèrent sur l'aile.

Il y eut un silence, les défenseurs regardant la poussière qui montait du pont détruit, puis un des Stukas revint.

Celui-là était un des deux suiveurs, son compagnon l'attendant en décrivant de larges cercles à une certaine altitude. Quant au premier, celui qui se demandait peut-être comment il avait pu détruire le pont, il avait filé vers les lignes allemandes.

Le pilote du Stuka volait en rase-mottes mais, soit qu'il méprisât l'armement des Français, soit qu'il cherchât à bien comprendre l'enchaînement des événements, il avait réduit sa vitesse.

La mitrailleuse Hotchkiss ouvrit le feu, un peu trop à droite et avec un angle de tir limité par la lucarne du fortin. En revanche, le F.M. de Marchal tira une longue rafale et presque tous eurent la vision fugitive de l'appareil allemand touché, échappant à la main du pilote.

Le Stuka zigzagua puis, perdant sans cesse de l'altitude, disparut vers la sortie du village. Des flammes s'élevèrent presque aussitôt de l'endroit.

Marchal, exultant, sortit de sa position.

— Je l'ai eu !... Je l'ai eu, ce lichedu[1] !... Je l'ai eu, je l'ai eu, je l'ai eu !... Une bouteille de Perniflard[2] pour Arthur, et une croix de guerre, service compris !

Dragance sortit du trou mais grimaça de douleur, comme s'il s'était froissé un muscle. Rollet le rejoignit et, un peu gêné :

— On n'est plus des jeunes hommes...

— Ça m'en a tout l'air.

— Alors c'était ça... Mais pourquoi ? demanda Rollet.

Dragance regarda les ruines du pont, les rails tordus.

— Vois-tu, le pilote chleuh va passer un sale quart d'heure. Il y laissera ses galons, cette petite ordure. Bousiller un pont sur la Loire, c'est très cher !... Et avec l'exploit de ton tireur au F.M., ça va accroître la perplexité de ceux d'en face : un Stuka au tapis, ça aussi c'est cher. Comprends-tu ? Maintenant, nous, on leur pose un grave problème.

— Mais... ça change quelque chose à notre situation ? demanda Rollet.

— T'as oublié, ou quoi ?... Quand les Chleuhs ont un problème, ils arrêtent tout et ils réfléchissent. Il ne reste plus qu'un pont, et ils en ont absolument besoin. À mon avis, on aura peut-être droit aux chasseurs mais les bombardiers, c'est fini. Et puis nous, ce qu'on a gagné, c'est du temps.

— Du temps...

— Dans notre situation, c'est pas si mal.

Un instant interrompu par le bombardement, le défilé des soldats fuyant vers le sud reprit sur la route.

---

1. Individu pénible.
2. Pernod.

Le soldat Alamichel se présenta et rendit compte : le sous-lieutenant Lynen avait disparu dès la première bombe, ses affaires également. Le capitaine et le sergent-chef échangèrent un regard puis Dragance fit signe à Chevtenchenko qui arriva aussitôt.

— Où vas-tu ? demanda Rollet, inquiet.

Dragance lui sourit et, sans méchanceté :

— T'es sûr que t'es capitaine ?... Quand on abat un zinc, faut faire un rapport. Ce rapport, on ne l'écrira jamais mais la moindre des choses, c'est d'aller jeter un coup d'œil.

Peu après, le moteur du Lorraine rugissait et les soldats en fuite s'écartèrent en entendant le cliquetis des chenilles.

☆

Aux commandes, Dragance jetait des regards distraits aux façades tandis qu'assis à ses côtés, le mousqueton à la main, Chevtenchenko fumait en silence.

— Première fois que je vois un avion abattu au fusil-mitrailleur ! lança le sergent-chef.

— Un coup de pot !

— On mettra ça dans le bouquin ?

— On ne fera pas le bouquin puisque d'après toi tu vas mourir ici.

Entre les deux hommes, il était en effet question d'un livre. Texte d'Henri Dragance, plumes et aquarelles de Nicolas Chevtenchenko.

Titre provisoire : *De l'évolution rapide et déconcertante des mœurs en France lors d'une débâcle militaire.*

— J'en ai vraiment l'impression... Mais toi, tu devrais foutre le camp, Nicolas. Tu es jeune...

— Ah ! le coup de l'ancêtre, à présent !... La sagesse de l'ancien !... Le retraité mirobolant !...

— J'ai des petits besoins, tu sais ! répondit Dragance, amusé.

— C'est ça ! Un peu de tabac gris, un verre de vin, un banc à l'hospice de Bicêtre...

— Ah ! tout de même, n'oublie pas les femmes !

— Ah oui ! bien sûr ! En attendant, tu t'emmerdes pas. Une maison à Montparnasse, une autre sur la Côte d'Azur et ta collection de tableaux : c'est bath d'être un vieux travailleur !

— Quoi, mon Nicolas Poussin ?... Là, t'es pas juste : je t'ai déjà dit que je l'ai dégotté en 1912 pour une bouchée de pain chez un brocanteur minable. C'est pas de ma faute, tout de même, si les gens ne savent pas ce qu'ils te vendent. Et puis je le léguerai au Louvre, c'est-à-dire au peuple, à la France... si elle existe toujours !

Chevtenchenko cessa de sourire.

— À ce point-là ?

— Les nazis ne nous feront pas de cadeaux, mon p'tit pote. Ce pays est tout ce qu'ils détestent : la grâce, la beauté, une certaine façon de vivre, le rire, la pensée, l'art, l'esprit critique... C'est pour ça que j'aimerais que tu survives au déluge. Tu sais, au pont, on a gagné vingt-quatre heures. Le colonel et ses Sénégalais résisteront, au mieux, une demi-journée. Notre artillerie sera balayée en une heure ou deux. Quant au pont, lorsqu'ils y arriveront... parce qu'ils y arriveront... on le défendra une heure au maximum et encore, parce que les Chleuhs marchent sur des œufs !

— Pourquoi tu veux mourir ? demanda Chevtenchenko d'un ton grave.

Dragance eut un geste évasif.

— Je n'y tiens pas spécialement, du Schnock !... C'est l'endroit. Très déconcertant. Je sens que quelque chose d'étrange m'oblige à y rester. Mais quoi ?

Il se tut un instant et reprit :

— Et puis vois-tu, j'en ai marre de me débiner !... Marre ! Marre ! Marre !... Surtout devant ces types-là. C'est même pas une question d'honneur national, j'ai dépassé ça, comprends-tu. Je ne veux pas de ces types-là chez nous, c'est tout.

— Et ton œuvre ?

— « La véritable gloire est posthume », disait D'Annunzio. Un fasciste aussi, celui-là. Pense plutôt à toi avec ton « art dégénéré ».

— Moi, les nazis, je les emmerde. Quand je peins, c'est d'abord pour moi.

—Tu les emmerdes, tu les emmerdes : facile à dire. Tu vas quand même les subir.

— On a subi déjà tout un tas de discours, tout un tas de Daladier, tout un tas de conneries, tout un tas d'officiers qui avaient droit de vie ou de mort sur nous.

Dragance haussa les épaules.

— Quand on donne un droit aux cons, ils en abusent aussitôt.

— On ne sera pas toujours militaires, voilà ce que je me dis. Pense à la vie civile.

— Ah ! le parfum délicat et volatil des souvenirs heureux.

— Et que penses-tu du capitaine ?

— Brave type et piètre stratège. Un capitaine *in partibus*, en quelque sorte.

Ils échangèrent un sourire.

Dragance jeta un regard vers le ciel qui, sans raison, lui sembla terriblement désolé puis il reporta son attention sur les façades.

— Dis donc, c'est pas un petit village, ici.

— C'est justement ce que je me disais.

Ils roulèrent en silence après la sortie du bourg. Sur les bas-côtés de la route, on voyait d'innombrables épaves. Ainsi, laissé sur place, tout un convoi de camions transportant des machines-outils : sans doute une usine qu'on repliait. Ils virent également des autos abandonnées et pillées.

Des scènes de débâcle revinrent à la mémoire du sergent-chef. Les matelas sur les toits des automobiles, matelas parfois protégés par des toiles cirées sur lesquelles s'étaient peut-être déroulés des repas de fêtes… Les valises attachées sur les ailes, les malles arrière débordantes. Et, étalés sur l'herbe des accotements, comme avec impudeur, des vêtements, des papiers personnels, des souvenirs de famille, tout un passé très cher offert à la vue de gens qui ne vous sont rien…

Il revit les tracteurs agricoles remorquant des petits trains de carrioles où s'entassaient des familles entières, des chevaux tués encore attelés entre les brancards de charrettes ou de voiturettes porte-munitions… ou ce type qui allait le regard fixe, un vieux chien dans les bras et un perroquet sur l'épaule… Les troupes hallucinées qui se battaient le jour et, la nuit venue, faisaient des étapes de trente kilomètres à pied… Les gares bondées, les rares trains partant vers on ne savait où et se faisant mitrailler dans le hurlement des « freins de piqué » des Stukas — qui n'ont jamais eu de sirènes ! Les villes comme couvertes de neige en raison des draps blancs de la reddition un peu hâtivement accrochés aux fenêtres ou tendus sur les toits.

Dragance avait rapidement compris que tout était perdu. Plus de ravitaillement, des renseignements contradictoires sur l'avance ennemie, les réfugiés sur les routes empêchant les mouvements de troupes, les liaisons aléatoires, les voies ferrées coupées, les soldats sans buts, sans armes, sans casques, pieds nus, poussant leurs affaires dans des voitures d'enfants...

Il soupira et s'efforça de se changer les idées. Ainsi, il se souvint qu'un type lui avait juré qu'en ce mois de juin 40 la Comédie-Française achevait la saison théâtrale avec une pièce intitulée *On ne saurait penser à tout* — le cas de le dire ! — tandis qu'à l'Odéon, en décembre 39, on avait joué *L'Ami Fritz* — dérisoire ou prémonitoire ?

Il engagea son engin chenillé dans un champ et contempla le Stuka, un biplace qui s'était posé sur le ventre sans trop de dégâts mais avait aussitôt pris feu.

Dans le cockpit, on distinguait les silhouettes carbonisées des deux hommes d'équipage.

Détachant son regard de l'acier de la carlingue porté au rouge par endroits, Dragance lança sèchement :

— On rentre.

Dissimulé derrière un arbre, le sous-lieutenant Lynen les vit disparaître avec soulagement, ignorant que les deux hommes l'avaient repéré sans juger nécessaire de lui demander des comptes.

5

Pendant l'absence de Dragance et de Chevtenchenko, le colonel Valadon, prévenu par radio de la destruction d'un des ponts, s'était rendu sur place, pilotant lui-même une motocyclette d'éclaireur.

Il n'avait pas caché sa joie en constatant l'effondrement total du pont de chemin de fer et qu'en outre un Stuka avait été abattu.

Puis, Rollet sur les talons, il inspecta la position en murmurant des « Remarquable ! » ... « Admirable ! »... « Judicieux ! »...

Émerveillé, il se tourna vers le capitaine.

— Cher ami, c'est magnifique !... Chaque élément occupe une place... adéquate !... N'est-ce pas, on dirait une position aménagée par nos généraux du Conseil supérieur de la guerre.

Il remarqua la pièce de 25 mm antichar, accolée contre une façade, à moins de cent mètres du débouché du pont. Position habilement choisie, à l'abri des vols de reconnaissance. Et à si courte distance, on ne laissait aucune chance aux premiers blindés qui surgiraient en éventrant la barricade.

Il ouvrit un étui d'argent et proposa une cigarette anglaise au capitaine, ajoutant avec chaleur :

— Je ne vous connais pas, capitaine, et pourtant, à voir en si peu de temps l'aménagement de votre position, j'apprends bien des choses sur vous. Vous m'avez bluffé, vous êtes un type épatant. Vous valez davantage que vos galons. Je ne vous cache pas que je vais vous proposer pour l'avancement... dès que nous aurons retrouvé un semblant d'organisation et la liaison avec l'échelon supérieur, n'est-ce pas...

Rollet ébaucha un sourire crispé. Il se percevait, et cela lui fut détestable, comme un imposteur. La position, la réflexion, le « métier », les trouvailles : tout revenait à Dragance. Et la promotion aussi, à ceci près que le sergent-chef s'en fichait sans doute éperdument.

Serait-il assez digne et responsable pour tout révéler au colonel ? Certainement. Mais que d'explications !... Et sans doute faudrait-il présenter le sergent-chef à l'officier supérieur, au risque de voir celui-ci chanceler face au mépris nonchalant de Dragance.

Situation inextricable. Le capitaine Rollet, fatigué, choisit cette fois de se taire.

Le colonel revenait vers sa motocyclette qu'il enfourcha mais, avant de mettre les gaz, il demanda :

— Ça ne vous gêne pas, ces interminables files de soldats et d'officiers qui traversent votre position ?

— À la longue, c'est mauvais pour le moral des troupes, mon colonel. Surtout le spectacle des officiers, eux qui devraient donner l'exemple.

Le colonel hocha la tête.

— On ne verrait pas cela sous une monarchie.

Constatant le manque de réaction de Rollet (« On ne saurait être excellent en toutes choses ! » songea Valadon), il ajouta :

— Très bien, je vais détourner les troupes vers la route des civils. Sauf...

Il regarda autour de lui, l'air amusé.

— Sauf si je vois quelques belles pièces : il vous faut de la distraction, ici, et ce n'est pas Maurice Chevalier qui va venir si près du front pour vous chanter ses âneries.

— Alors à quoi songez-vous, mon colonel ?

— Il vous faut un peu d'amusement. Moi, dans ma situation, je ne peux me permettre certaines choses...

Il serra la main de Rollet, mit la motocyclette en route et, le dernier pont franchi, disparut rapidement.

Resté seul, le capitaine alla jusqu'au pont, s'assit sur le parapet et fuma rêveusement une cigarette.

Enfin, il vit arriver la silhouette trapue et moderne du Lorraine cliquetant sur ses chenilles.

Dragance, képi incliné sur le côté, comme à son habitude, roulait vite, et cela lui ressemblait. À ses côtés, le grand Russe tenait son mousqueton à la saignée du bras.

— Des coriaces ! murmura le capitaine qui se sentit rassuré. Et plus dépendant que jamais.

☆

Le capitaine, Dragance et Chevtenchenko — Dragance avait fait comprendre qu'il ne saurait être question d'exclure son ami — sacrifiaient au rituel du Pernod.

Ils avaient installé une table branlante et des chaises sur une terrasse de ciment qui surplombait la Loire de quelques mètres. L'heure exquise, le soleil couchant, le murmure de l'eau, rien n'évoquait la guerre, n'était, au nord, un bruit de canonnade qui persistait.

Rollet, gêné par l'absence de conversation qui se prolongeait mais ne semblait indisposer ni Dragance ni Chevtenchenko, toussota avec discrétion.

— Hum... Le colonel des Sénégalais est passé en coup de vent.

Dragance demeura silencieux, comme si cette information n'appelait aucun commentaire de sa part.

Rollet reprit :

— Il a admiré l'aménagement de la position.

Levant son verre, Dragance observa en transparence le liquide anisé aux reflets verts, jaunes et opalescents.

— Rien que de très banal, pourtant.

— Il m'a attribué tout le mérite et, vois-tu, je n'ai pas démenti, je n'ai pas protesté...

— Eh bien, je te remercie ! répondit Dragance.

Déconcerté, le capitaine s'interrogea sur le sens de cette courte phrase puis, devant le visage impénétrable de Dragance, il décida de se lancer à l'eau :

— Merci ?... Qu'est-ce que tu veux dire ?

— Si tu lui avais dit que je t'avais... conseillé, il m'aurait cassé les couilles. Alors je te le répète : merci !

Le ton du sergent-chef, cassant, n'invitait pas à poursuivre mais, à voir ses regards agacés en direction du soldat Marchal, Rollet comprit qu'il n'était pas concerné par cette attitude.

Le soldat Marchal titubait. Ses camarades lui avaient offert une bouteille de Pernod en récompense du Stuka abattu mais le Pernod à l'état pur l'avait enivré.

Il s'approcha de la table en tanguant dangereusement.

— Mon… ca… pitaine… Ma croix… de… guerre.

— Fous le camp, je déteste les types poivrés ! lança Dragance avec une hargne inattendue.

— T'es… jaloux, ser… gent… Le « Chtouka », c'est. mé… zigue qui lui a dévissé… son billard.

— Pauvre pomme !

Se contenant, Dragance traversa la route, entra sous l'auvent, fouilla son sac posé sur le plateau du Lorraine.

Il revint et jeta sur la table un mouchoir à carreaux lié aux quatre coins. Puis il l'ouvrit rapidement et épingla une Légion d'honneur sur la vareuse de Marchal.

— Soldat graine-de-con, eu égard au fait que vous avez l'œil américain, que vous n'êtes pas godiche derrière votre F.M., qu'à présent les Chleuhs n'ont plus qu'à numéroter leurs abattis, nous vous souhaitons la bienvenue au club des tueurs médaillés.

Blême, Rollet se leva, ôta la décoration de la poitrine du soldat et, d'une voix de chien de quartier :

— Foutez-moi le camp, Marchal, ou je vous colle dans une cave pour huit jours.

Il songea : « Huit jours… Où serons-nous, dans huit jours ? »

Légèrement dégrisé, Marchal tenta de saluer puis s'éloigna d'un pas incertain.

Lorsqu'il s'assit, le capitaine s'aperçut que Chevtenchenko servait une nouvelle tournée de Pernod et que Dragance, ses longues jambes posées sur une chaise, fumait en regardant la Loire, l'air détendu, comme si l'incident n'avait pas eu lieu ou ne le concernait pas.

Rollet posa la décoration sur le mouchoir. Il brûlait d'envie de demander à Dragance où celui-ci avait décroché la haute décoration. Une fois encore, le sous-officier le devança :

— Avril 17, chemin des Dames. On a eu 147 000 tués en quinze jours. Nos ordures de généraux... Décoré en avril, cassé de mon grade en mai, blessé en juin...

Il eut un petit rire sec puis, ôtant ses jambes de la chaise, il observa Rollet.

— T'as déjà tué un homme ?

Rollet tira nerveusement sur sa cigarette.

— Blessé, tué... Tu sais, une silhouette qui tournoie et s'effondre...

— Non, pas comme ça. En regardant le type dans le blanc des yeux. T'as déjà cloué un homme contre des caisses d'obus avec ta baïonnette ?... T'as déjà fait sauter une tête avec une pelle de tranchée ? Et tout ça la peur au ventre, parce que c'est exactement ce que les gars d'en face veulent te faire ?

Le capitaine regarda un instant le sergent-chef.

— Non, je ne l'ai pas fait.

Dragance reposa ses jambes sur la chaise et, d'une voix lointaine :

— En 14, je me suis également bourré la gueule comme l'autre archicon, là, mais parce que j'étais pas fier de moi. Dans celle-ci...

Il leva son verre, Chevtenchenko en fit autant. Ils trinquèrent puis Dragance reprit :

— Si j'en tue, je ne serai sans doute pas plus fier parce qu'ils auront l'âge de...

Il hésita et ajouta :

— Ils pourraient être mes fils. Mais je sais qui ils servent, ce qu'ils veulent et ce qu'ils feront. Je sais ce qu'ils ont fait en Espagne après leur victoire. Alors cette fois, vois-tu, le casse-pipe, c'est une obligation morale. Tu saisis, camarade ?

Rollet, qui partageait les convictions antifascistes de Dragance, hocha la tête.

— Pour nous, ça a au moins l'avantage d'être simple. Mais tu vois, ça n'a pas l'air de poser non plus de problèmes à la vieille culotte de peau qui commande le R.T.S. Imagine-toi qu'il est monarchiste.

— S'il fait bien son boulot, on s'en fout. On se mettra sur la gueule après la guerre.

Le soldat Lengrand arriva d'un pas rapide et salua.

— Mon capitaine, il y a trois civils qui se pointent. Pour vous dire, ils font des drôles de sales gueules, ces vomis-là !

Rollet se leva, jeta sa cigarette, tira sur sa vareuse et coiffa son képi puis il désigna la Légion d'honneur à Dragance.

— C'est peut-être le moment de la mettre pour de bon.

Dragance lui jeta un regard noir. Rollet insista :

— Ça impressionne toujours les imbéciles et je crois que nous en aurons besoin.

6

Ils n'avaient pas d'âge, probablement entre quarante et cinquante ans. Pas d'allure. Pas de style. Des petits-bourgeois frileux, contrariés, hargneux déjà avant que ne fût échangée une parole.

Le maire, Ferdinand Labarthe — entrepreneur de pompes funèbres —, se présenta puis en fit autant pour les deux hommes qui l'accompagnaient :

— Pierre Haudrusse, premier adjoint, pharmacien. Gaston Gollety, avocat au barreau d'Orléans, conseiller municipal.

Dragance, qui se limait les ongles avec soin, répondit sans même lever la tête :

— Un emballeur de refroidis, un potard et un bavard : la sainte trinité des culs-de-plomb.

Le maire et ses adjoints eurent un haut-le-corps mais remarquèrent que l'officier ne reprenait pas le sergent-chef. Quant aux sept militaires armés et casqués, ils souriaient, appréciant la plaisanterie de leur sous-officier. Un sourire sans bonté, cependant, celui de soldats qui réalisent brusquement, concrètement, pour qui ils risquent de se faire trouer la peau et qui se demandent si le jeu en vaut vraiment la chandelle.

Labarthe reprit plus froidement :

— Nous voudrions connaître vos intentions, capitaine.

Ce fut Dragance qui répondit, sans cesser de se limer les ongles, sans daigner lever le visage vers son interlocuteur :

— C'est curieux, tout ça. C'est un peu comme les escargots qui sortent après la pluie. Vous avez attendu qu'il ne passe plus un soldat sur la route pour venir nous demander nos intentions qu'à l'évidence vous souhaitez pacifiques. Ah ! voilà le genre d'histoire dont je raffole !

Chevtenchenko, qui ajoutait à son talent de peintre un don certain pour la comédie, roula des yeux fous et adopta un fort accent russe qu'il imitait à la perfection :

— Tovaritch le maire, toi pas avoir peur vermine nazie, petit père ! Moi éclaireur Armée rouge bolchevik du grand Joseph Staline. Nous résister jusqu'à la mort, plus une pierre debout dans village, habitants mâles fusillés par nazis, femmes et canards violés mais honneur de la France sauvé.

— Un point fondamental ! remarqua Dragance en observant d'un air critique sa lime à ongles.

Rollet savait qu'il devait mettre un terme au numéro de duettistes des deux amis mais tout, en lui, se rebellait contre l'attitude raisonnable et apaisante qu'on était en droit d'attendre d'un officier.

Ces deux-là lui rappelaient trop le collège, les camarades qui osaient, d'un mot d'esprit et sans s'attarder aux conséquences, crucifier un pompeux professeur. Les avait-il admirés, comme il admirait aujourd'hui Dragance et Chevtenchenko !... Les deux hommes étaient de l'espèce rarissime qui ose aller à contre-courant, ose se faire délibérément des ennemis, ose être elle-même sans se soucier de déplaire… ou de plaire.

Et lui, pourquoi n'osait-il jamais rien ?

Il s'ébroua :

— Comme vous pouvez le constater, monsieur le maire, nous allons défendre la position et tenter d'interdire Chessy-sur-Loire à l'ennemi.

— Mais pourquoi ? demanda Haudrusse, au bord de l'hystérie.

Le capitaine l'observa avec curiosité, comme il l'eût fait pour un corbeau à tête de lapin, puis :

— Mais, monsieur le premier adjoint, ce sont les ordres et notre devoir.

Haudrusse avait une voix de vieille femme trop nerveuse. Il griffa l'air, ce que Dragance trouva très vain, et répondit :

— Pourquoi Chessy ?… Pourquoi ici, hein ?… Justement chez nous, alors que vous vous sauvez depuis la Belgique ?… Vous auriez dû crever à Dunkerque !… Foutez le camp, vous en avez l'habitude !

Il y eut un silence. Stupéfait du côté des militaires, gêné du côté des autorités municipales. On s'étonne quelquefois qu'un homme puisse survivre à certains regards et, dans ce cas précis, Haudrusse à celui de l'écrivain qui, cependant, parla d'une voix unie :

— Espèce de trou du cul, au lieu de critiquer, tu pourrais pas nous montrer ?… Qui es-tu pour juger ?… Qu'as-tu fait ?… Rien. Alors ferme ta sale gueule !

Le sergent-chef sortit son lourd revolver, tira une balle entre les pieds d'Haudrusse, une autre à proximité de son oreille gauche, une troisième juste au-dessus du crâne du premier adjoint.

Puis ce fut le silence. Haudrusse grelottait de peur. Écœuré, Chevtenchenko se détourna :

— Ah ! le dégueulasse !... Il a chié dans son falzar !...

Dragance, assez bien imité par Chevtenchenko, exécuta un des plus beaux saluts qu'on vit jamais dans l'armée française puis, sur un ton des plus réglementaires :

— Ayant perdu mon masque à gaz du côté de Bapaume, je demande à mon capitaine l'autorisation de me retirer avant de succomber à cette sournoise attaque.

Rollet hocha la tête, rêveur. Certes, ce n'était qu'un jeu mais il avait éprouvé un très vif plaisir à entendre et à voir Dragance le traiter avec les marques extérieures du respect en usage dans les forces armées françaises.

Il observait le sergent et son ami Chevtenchenko qui s'éloignaient lorsque l'avocat Gollety le ramena à la réalité :

— Comment a-t-on pu donner la Légion d'honneur à un salaud pareil ?

Haudrusse tremblait toujours et dégageait une odeur de plus en plus pestilentielle.

Le maire, interprétant le silence du capitaine comme un signe de faiblesse, ajouta :

— Capitaine, un type comme ça, ça se fusille !

Rollet le toisa :

— Vous êtes complètement cinglé !... Vous savez qui c'est ?... Henri Dragance !

Seul du trio, l'avocat Gollety savait qui était Dragance. Il n'avait certes jamais lu un de ses romans mais se trouvait en mesure de situer le sergent-chef. Un type assez connu.

Estimé par la presse de gauche, régulièrement descendu dans la presse de la droite extrême : *Je suis partout*, *Candide* et autre *Gringoire*. Voilà qui ne simplifiait pas la situation.

Gollety, plus intelligent que le maire et Haudrusse, et qui en était pleinement conscient, adopta un ton conciliant :

— Mon capitaine, Chessy-sur-Loire compte 1 960 habitants. Six ou sept cents ont choisi l'exode mais beaucoup sont restés, attachés à leurs terres et à leur maison. En défendant ce pont, vous prenez le risque de provoquer un massacre chez les civils, sans parler de la destruction du bourg. En êtes-vous conscient ?

— Parfaitement ! répondit Rollet, agacé.

L'avocat reprit :

— Vous prenez là une bien lourde responsabilité. Devant l'Histoire, devant Dieu…

— Je ne crois pas en Dieu ! coupa le capitaine.

L'avocat, habitué des prétoires, eut un sourire entendu en direction des soldats. Il cherchait des complices, il ne vit qu'hostilité.

Il poursuivit néanmoins :

— Je ne parle pas même de votre conscience…

— N'en parlez pas, en effet, cela ne regarde que moi.

Le capitaine alluma nerveusement une gauloise.

— Que voulez-vous, à la fin ?… Alors parce qu'au motif qu'en défendant le pont nous risquons la destruction de certaines habitations, il faudrait fuir, laisser les Allemands s'installer ?… C'est une guerre, pas une partie de bridge. Mais quel genre d'homme êtes-vous donc ?… Vous voulez vivre à plat ventre ?

— Nous voulons vivre, capitaine ! répondit Gollety, emphatique.

Montrant la direction du bourg d'un doigt que la colère faisait trembler, Rollet, hors de lui, rétorqua :

— Alors allez vous terrer dans les caves de vos baraques !... Ouste ! Du balai !... Vous m'emmerdez, vous comprenez : vous m'emmerdez !

Le soldat Alamichel, aussitôt imité par ses camarades, fit jouer la culasse de son arme et braqua celle-ci en direction des élus. Le maire et ses adjoints refluèrent aussitôt vers le bourg : ils étaient attendus à la mairie par « la population » et entendaient rendre compte de cette « navrante conversation ».

Rollet, bouillant de colère, rejoignit Dragance et Chevtenchenko qui, sur la terrasse surplombant la Loire, s'étaient servi un nouveau Pernod.

Le sergent-chef eut un geste d'invite.

— Alors, camarade, ça a tourné vinaigre ?

— C'est le moins qu'on puisse dire ! répondit Rollet en vidant d'une traite la moitié du Pernod que Chevtenchenko venait de lui servir.

— Avec ces types, faut y aller franco. Ce serait rien con qu'on se laisse emmerder par ces arsouilles ! dit le Russe.

On entendit un bruit d'avion.

Le capitaine se leva, livide, mais Dragance eut un geste apaisant.

— C'est rien, le « mouchard ».

— Le mouchard ? reprit le capitaine.

— Henschel 126. Petit avion pas méchant. Il repère notre position, la communique par radio à son artillerie puis tourne en rond pour faire allonger ou raccourcir le tir. Là, il prend ses marques. Demain matin, ça sera notre fête.

Totalement inattendu, un avion isolé de la chasse française, un Dewatine 520, surgit et, d'une rafale, abattit l'avion allemand qui tomba en flammes.

Les hommes du « détachement Rollet » se levèrent, acclamant l'aviateur français en brandissant casques et fusils.

Le pilote décrivit une large boucle en perdant de l'altitude puis, repassant en rase-mottes au-dessus de la position, il battit des ailes à plusieurs reprises en signe d'amitié et de victoire.

En bas, on se sentait appuyés, soudain moins seuls, soutenus par ce frère puissant grâce auquel le ciel — quel symbole — n'était pas entièrement allemand.

En haut, dans son cockpit, le pilote songea : « Pauvres types ! » Mais il fut ému : que certains, envers et contre tout, persistent à tenir, le réconciliait avec son pays.

7

Le soldat Ruschetti montait la garde au pont. Les huit autres avaient réquisitionné une longue table de ferme et différents sièges, chaise de cuisine pour Dragance, fauteuil style Louis XIII pour Alamichel, fauteuil de coiffeur pour Chevtenchenko...

Le caporal Faye, pour sa part, avait déniché dans une maison abandonnée un service d'assiettes en pur Limoges, des verres en cristal et des couverts d'argent noircis par le manque d'entretien.

La table, placée sur le trottoir le long de la façade de la première maison, permettait d'évacuer rapidement la rue en cas d'attaque des chasseurs allemands.

On servit dans une grande marmite un ragoût de viande indéfinissable accompagné de pommes de terre mais, au fond, cela importait assez peu en regard du service de table ancien qui impressionnait certains hommes.

Le capitaine, vareuse dégrafée et nu-tête, avait ouvert le dîner en déclarant :

— Messieurs, compte tenu des circonstances, je vous invite à vous détendre.

Phrase peu claire pour la plupart, aussi Dragance précisa-t-il :

— Le capitaine nous autorise à roter à table… seulement en cas d'extrême urgence !

On sourit et, aussitôt, on ôta les casques ainsi que les vareuses qu'on posa hâtivement sur les dossiers des chaises.

Les hommes ne se connaissaient pas tous, étant arrivés sur le pont seuls ou par paire tels Dragance et Chevtenchenko, Mathet et Ruschetti, Alamichel et Lengrand.

La conversation roula sur le travail lorsque Alamichel déclara qu'il occupait un emploi de contremaître aux usines Fiat de Nanterre. Mathet lui répondit :

— Moi, mon pote, j'ai le bon turbin, l'usine Goodrich, à Colombes. Mais vois-tu, ma bourgeoise est biscuitière à l'usine Huntley et Palmiers de La Courneuve et tiens-toi bien : on crèche à Ménilmuche !

— Vous êtes des compliqués, dans la famille. Et ta régulière, tu l'aurais pas rencontrée à Marseille, par hasard ?

Le soldat Mathet eut un petit sourire qui se figea et son regard se perdit un instant dans le vague avant qu'il ne reprenne :

— Je l'ai rencontrée le 14 juin 36 au stade Buffalo, pour la fête de la victoire du Front popu.

Dragance, intéressé, observa les visages. Il ne vit que des expressions de nostalgie, peut-être de déception.

Il lança :

— J'y étais aussi, à Buffalo. Et j'étais à fond pour le Front popu.

— Marrant, dit le capitaine : On y était tous, alors, à Buffalo… et au Front popu.

Tandis que Lengrand approuvait, Alamichel sourit.

— J'étais pas à Buffalo rapport à une gonzesse mais j'étais pour Thorez.

— Je ne fais pas de politique ! s'empressa de préciser Faye, tandis que Mathet regardait ailleurs et que Chevtenchenko secouait la tête, ce qui pouvait s'interpréter de bien des façons.

Alamichel l'apostropha :

— Et toi, le prince russe, t'es pour le tsar ?

Chevtenchenko haussa les épaules.

— Le tsar, je l'emmerde. Mais ton Thorez aussi, je l'emmerde. Moi je suis pour ceux qui me foutent la paix.

Une voix avinée, et qu'on avait oubliée, celle de Marchal, bougonna :

— Moi on me demande pas, on me demande jamais, mais moi je vote pour La Roque !

Il y eut des rires puis Alamichel, le communiste, demanda :

— Dis voir, le tueur de Stukas, pourquoi que tu votes pour ces fiottes de Croix-de-Feu ?

— Croix-de-Feu ou Froides-Queues ? questionna une voix.

Marchal reposa son verre vide.

— Ah ! soyez polis, hein ?... D'abord, vot' Blum, c'est youpin et compagnie.

D'un ton de commandement, Dragance ordonna :

— Marchal, va relever Ruschetti sur le pont. Si tu restes une seconde de plus, ta femme va toucher prématurément sa pension de veuve de guerre.

— J'suis pas marié ! répondit Marchal, comme à regret.

Marchal quitta la table sous les sifflets puis, le calme revenu, Alamichel s'enhardit :

— Et vous, mon capitaine, sauf votre respect, qu'est-ce que vous faites, dans le civil ?

— Fonctionnaire ! répondit le capitaine d'un ton tellement agressif qu'on n'osa pas lui en demander davantage.

Vint le tour de Dragance qui éluda :

— Je suis dans le papier.

Et pareillement Chevtenchenko :

— Je turbine dans la peinture.

—Y a de l'avenir, dans la peinture ! remarqua le caporal Faye.

— J'espère bien ! rugit Chevtenchenko en croisant superstitieusement ses doigts sous la table.

Il restait un peu de ragoût mais les hommes repoussèrent leurs assiettes. Ils fumaient, ouvrant de nombreuses bouteilles sans étiquettes, prétexte à une nouvelle discussion : chinon... gamay... cheverny... bourgueil... touraine... ?

Ruschetti, heureux d'avoir abandonné la garde à Marchal, résuma le sentiment général en disant :

— J'y crois pas, les potes !... Un soir d'été, un bon petit pinard, une cibiche, le bruit de la flotte comme si c'était un ruisseau... On est là en bretelles, peinards, comme si c'était la paix et, depuis ce matin, on entend le bruit du canon qui se rapproche.

Une certaine gravité marqua les visages et Dragance saisit la parole :

— On est là bien tranquilles, d'accord. La guerre est tout près et arrive vers nous, c'est entendu. Mais pourquoi est-ce qu'on est là, volontaires pour défendre ce foutu pont ?

Tous y avaient sans doute songé car les réponses se chevauchèrent. Les uns, pudiquement, défendaient « ce foutu pont » pour faire comme les potes. Un autre parce qu'il se sentait lâche d'avoir pu fuir l'encerclement grâce à des types inconnus qui s'étaient accrochés à leur position. Ruschetti, l'Italien, était là parce que la France lui avait donné du travail — carreleur —, un toit et une « jolie gosse » rencontrée sur les montagnes russes de Luna Park. Faye fit rire tout le monde en disant d'un ton surpris :

— Merde, c'est vrai, ça : pourquoi est-ce que je suis là, moi ?

Enfin, quelqu'un renvoya la question à Dragance qui répondit :

— Je suis d'accord avec Ruschetti.

— Quoi ?... Luna Park ?... questionna Mathet.

Le sergent-chef haussa les épaules.

— Non, ce qu'il a dit au début. Être là, fumer une cibiche en buvant un verre de vin et en écoutant la Loire. C'est parce que je ne veux pas qu'on me retire ça que je défends le « foutu pont ».

Les autres approuvèrent puis Alamichel et Lengrand, les inséparables, allèrent uriner dans la rivière.

Lengrand, qui avait très envie, soupira d'aise.

— C'est bon de faire sangloter la fauvette !

À quoi Alamichel répondit, faussement surpris :

— Ah ! vous dites comme ça, dans ton bled ? C'est donc vrai que vous avez de petits zobs. Nous, à Gentilly, pisser, on appelle ça « faire pleurer le colosse ».

La conversation, impitoyablement rapportée à table par Alamichel, déclencha des hennissements de rires tant semblait disproportionnée la différence qualitative entre « la fauvette » de Lengrand et « le colosse » d'Alamichel.

L'air sombre, Lengrand mentit effrontément :

— J'ai jamais dit une chose pareille. Il yoyotte de la mansarde[1], cézigue !

Le soir tombait. Enchanteur, comme la plupart des nuits d'été… à quelques jours près. Sans en parler, pudeur oblige, les hommes ne voulaient pas aller dormir, ne pas briser ce rare instant de fusion alors que la mort approchait avec ses bottes de sept lieues. On voulait vivre, rire, boire, fumer…

Sans doute manquait-il la présence des femmes, l'herbe était si tendre, la position si fleurie. Mais les femmes, aussi fines, délicates et intelligentes soient-elles, déclenchent trop souvent par leur simple présence des rivalités masculines qui altèrent les humeurs les plus fraternelles, aussi cet instant magique était-il paradoxalement hors les femmes, quand elles étaient la raison d'être de presque tous ces hommes.

Le capitaine Rollet, tout frais sorti des dépôts de l'arrière et jamais confronté au feu durant cette guerre, retrouvait l'ambiance de camaraderie de 14-18.

Il se leva, le verre à la main, légèrement chancelant, et déclara :

— Les enfants, je ne vous ferai pas crever pour des queues de cerises. On se battra ce qu'il faudra mais si c'est cuit, c'est cuit, et vous me ferez le plaisir de vous replier à mon ordre.

Ces paroles, qui se voulaient amicales, jetèrent un froid. Dragance, qui avait bu raisonnablement, se leva à son tour et précisa d'un ton mi-sérieux, mi-amusé :

---

1. Il est fou.

— Le capitaine a parfaitement raison. Il veut dire qu'on se battra comme des lions, au canon et à la mitrailleuse, mais que ça ne sert à rien de tirer au mousqueton sur un char chleuh, et faudrait être pas mal con pour dire le contraire, il me semble... Est-ce qu'il y en a un qui dit le contraire ?

Pris par le jeu, les hommes se détendirent en riant et en hurlant sur l'air des lampions :

— Eh non !... Pas au mousqueton !... Au canon !... Pas au mousqueton !... Ehhh non !...

— Non qui ? demanda Dragance d'une voix de chien de quartier lorsque les hommes se turent.

— Non, chef ! lui répondit le coryphée.

— Et allez donc !

Alamichel et Lengrand se levèrent et remplirent les verres.

☆

Elle assista à la scène, nul ne la voyant. Elle remarqua comme ce sergent-chef, qu'elle voyait de dos, rattrapait une situation délicate, et le trouva intelligent.

Elle sortit de l'ombre et s'approcha, créant la stupeur.

Blonde, séduisante, quelque chose de rebelle et cette sensualité naturelle qui bouleverse les hommes trop souvent enclins à penser qu'ils sont les seuls à la percevoir. Elle fit encore quelques pas, impressionnée par le silence de ces soldats en chemise kaki qui parlaient fort peu auparavant. Elle baissa un instant les yeux et tous les cœurs masculins capitulèrent devant ce gracieux battement de cils.

Elle s'approcha du soldat Alamichel situé en bout de table et demanda :

— Je cherche Henri Dragance, l'écrivain.

Le sergent-chef pâlit légèrement. Il se leva, attrapa sa vareuse d'un geste élégant, coiffa son képi en le posant légèrement de côté puis répondit :

— C'est moi, Henri Dragance…

Il sourit et ajouta :

— L'écrivain.

8

Les hommes, longtemps silencieux, observèrent le couple qui s'éloignait puis Mathet questionna :

— Merde, alors : c'est un écrivain, le sergent-chef ?

— Et assez connu ! répondit le capitaine, pas mécontent de montrer qu'il était au courant.

— Tu le savais, toi ? demanda Alamichel, un peu rudement, à Chevtenchenko.

— Oui.

— Et tu pouvais pas le dire ?

— Te dire quoi, Ducon ? Que le sergent est écrivain ? Ça l'empêche pas de claper dans sa gamelle avec nous et de se coller derrière son canon, alors qu'est-ce que ça peut bien te foutre ?

— Ah ! tout de même, vois-tu, je me sens un peu blousé. J'aurais su qu'il écrivait des livres... ça n'aurait rien changé mais je l'aurais pas regardé pareil.

Lengrand, qui suivait le couple du regard, dit rêveusement .

— C'est égal, elle est rien chouette, cette gonzesse. Belles jambes, jolie taille, du monde à l'avant-scène et un petit cul bien rond à faire sauter les boutons de braguette. Ah ! et puis moi, j'aime les blondes !

— C'est peut-être pas réciproque ! rétorqua Chevtenchenko.

Le capitaine regardait d'un air songeur le couple qui avançait dans la grande rue de Chessy-sur-Loire.

Il ne ressentait aucune jalousie. Au contraire, une étrange fierté. Il s'imaginait même facilitant les choses pour Dragance avec son « petit béguin », lui rendant service. Qui sait si de tout cela ne naîtrait pas un roman, une œuvre littéraire où il aurait sa part, certes modeste ! Et puis il éprouvait une grande reconnaissance envers le sergent-chef qui, devant les hommes, cessait le tutoiement et lui donnait du « mon capitaine ».

C'était gentil. Et intelligent car les autres n'auraient pas compris l'absence de toute discipline.

Alamichel soupira :

— Il a tout de même du pot, Dragance.

Se souvenant qu'il fréquentait parfois la haute bourgeoisie qui achetait ses tableaux, et qu'il avait derrière lui une vie mondaine, Chevtenchenko sourit dans l'ombre et répondit d'un ton léger :

— Mais non, mais non : notre excellent ami est très « flirt ».

☆

— Je suis une de vos lectrices, monsieur Dragance.

— Eh bien, vous ne manquez pas de courage.

Tels avaient été leurs premiers mots. Mais pas leur premier regard. Dragance s'était senti possédé, englouti par ces grands yeux verts et, surpris, il avait jeté sur la jeune femme un regard qui traduisait un réel désarroi. Il ne voulait appartenir à personne, et certainement pas en ce moment où sa vie tenait à si peu de chose et où il pouvait dresser un bilan.

Il ressentait un indéniable contentement à considérer le cours de son existence. Mis à part la guerre, la première, qui précipita l'adieu à sa jeunesse, les événements lui furent doux et les gens agréables. La notoriété à trente-deux ans avec son premier roman. Une longue carrière littéraire sans un éclatant succès public mais avec l'estime de ses pairs. Un carré de fidèles lecteurs, une œuvre construite comme il l'entendait sans autre souci que sa propre exigence... enfin, ce qu'il faut de petites persécutions du fait des jaloux et de son orientation politique.

Des jolies femmes. Un train de vie des plus corrects. Une maison avec un petit jardin à Montparnasse, une autre sur la Côte d'Azur. Des amis peintres, journalistes et écrivains. D'autres amitiés à la S.F.I.O.[1] et dans la Maçonnerie. La guerre d'Espagne à un âge où les volontaires internationaux se font rares. Et même l'achat, début 39, d'une petite Peugeot 301 noire.

Quelques ratés.

Cette guerre, à laquelle il aurait préféré participer en observateur, en témoin désengagé d'une société en déliquescence : état d'esprit rendu impossible en raison de la qualité, ou plutôt du manque de qualité, de l'ennemi nazi.

Une adorable Dolorès, en Espagne, qu'il n'avait pu faire rapatrier, sa blessure et la désorganisation du front l'empê-

1. Voir note, page 23.

chant de contacter ses puissantes relations. Où se trouvait-elle, à présent ?

Son chien, mort de vieillesse dans ses bras et qu'il ne remplaça pas par crainte de souffrir à nouveau — mais il ne pouvait vivre sans un chien à ses côtés.

— Puis-je vous demander votre nom ?

Toujours ce regard féminin qui se fichait dans le sien pour y chercher son âme.

— Sylvie Thorn. Née Wowrzynetkowsky.

Il sourit.

— Vous venez donc de m'apprendre que vous êtes d'origine polonaise. Et mariée. Craignez-vous donc quelque chose, et par exemple que je me montre entreprenant avec une de mes lectrices ?

Elle ne le quittait toujours pas des yeux.

— Je ne le crains pas, je l'espère. Je ne suis pas une femme heureuse. Je ne l'ai jamais été sauf chez mes parents. Ou en lisant vos merveilleux romans.

Dragance fut stupéfait. Elle cessa de le regarder et reprit, avec difficulté :

— J'ai trente-cinq ans. Je n'ai rien connu. Vous m'avez fait rêver, mais vous étiez si loin, si parisien... Et j'apprends que vous êtes ici, et je vous rencontre sous cet affreux uniforme, gardant notre pont. Et je sais que demain vous partirez vers le sud, la Méditerranée, les jolies femmes et jamais, jamais plus vous ne reviendrez à Chessy-sur-Loire. Je suis désolée à l'idée de ce que vous pensez de moi mais je sais bien que, si je ne vous avais pas dit tout cela, je me le serais reproché ma vie entière... Quand le maire a parlé des soldats du pont et de cet écrivain, Henri Dragance, j'ai cru que j'allais courir vers vous à perdre haleine...

Ils se regardèrent avec gravité. Puis il la prit dans ses bras. Elle l'embrassa avec une telle fougue qu'il ne sut plus, un instant, s'il n'était pas revenu à l'âge doré, et parfois si amer, de l'adolescence.

Très vite, elle lui prit la main et l'entraîna devant une maison. Elle murmura :

— Ils sont partis il y a deux jours.

Dragance regretta de ne pas avoir emporté sa baïonnette pour forcer la serrure en douceur.

Il recula et ouvrit la porte d'un violent coup de pied dont le bruit se perdit dans celui, lointain, des tirs d'artillerie lourde.

Bientôt ils furent dans une chambre, se déshabillant sans se quitter des yeux et Dragance en fut surpris. Gestes identiques, précis et mécaniques.

Nue, elle courut se blottir contre lui et, prenant le visage du sergent-chef dans ses mains, elle le couvrit de baisers en disant :

— Oh ! je t'aime !... Je t'aime !... Je suis folle !

Dragance fut désolé de penser avec distanciation en un tel instant : « J'adore les femmes qui dans un grand élan se pendent à votre cou et vous couvrent de baisers en disant : "Oh ! je t'aime !... Je t'aime !... Je suis folle !" »

Il remarqua encore que les femmes vont toujours plus loin que les hommes dans la passion et la déraison mais il amenda aussitôt ce jugement : les femmes vont vite et droit au but lorsqu'elles pensent aimer et si elles agissent ainsi, avec cette gravité dans le désir, cette façon presque brutale de se donner, c'est parce que précisément elles attendent d'aimer pendant des années, parfois toute une vie.

« Tout ou rien, comme c'est beau ! » songea-t-il, très ému.

Puis il s'appliqua à aimer Mme Thorn avec toute l'attention, la tendresse et la passion qu'elle méritait.

☆

Le colonel Valadon, casqué, impeccablement sanglé dans son uniforme, ceinturon et baudrier astiqués, observait la nuit étoilée. La canonnade se rapprochait encore et les lueurs rouges du front illuminaient l'horizon.

— Demain, ils seront là.

Ses hommes dormaient sur les talus ou à l'orée de la forêt qui bordait la route de part et d'autre de celle-ci.

De vigilantes sentinelles, baïonnette au canon, présentaient les armes sur son passage et, une fois encore, Valadon admira profondément ses soldats. Sur la route elle-même, transformée en fossé antichars, ses tirailleurs avaient bien travaillé. On pouvait encore passer par les côtés, sur les bermes, mais plus pour longtemps : le colonel avait son idée sur la question.

Était-ce la fin dernière des empires, fussent-ils coloniaux, d'être défendus, à l'instant ultime, par les peuples qu'ils ont opprimés ?

Le colonel tressaillit : « opprimé », d'où lui venait ce mot ? Quelques jours plus tôt, et sans la moindre hésitation, il eut employé le mot « civilisé ».

— Une crise d'âme, sans doute. Malheureuse, étant donné les circonstances ! maugréa-t-il.

— Les crises d'âme prouvent au moins l'existence d'une âme, mon colonel !

Valadon se retourna vivement et découvrit le sergent Toko Samboura qui s'était approché sans le moindre bruit. « Une panthère », songea le colonel.

Pris de court, il répliqua :

— Vous croyez en Dieu, sergent ?

— Non, mon colonel, mais je crois en l'âme.

Le colonel se détourna. Eh bien non, ce n'était pas là « les enfants » qu'on lui avait annoncés le jour où il avait pris le commandement du R.T.S.

Il chercha à se donner une contenance

— Parlez franchement, sergent. Cette guerre est mal engagée, n'est-ce pas ?

— Elle est perdue, mon colonel. Et vous le savez vous aussi.

— Alors je suppose que je n'ai pas le droit... moral de vous demander de mourir ?

La voix d'ordinaire si posée du sergent Samboura devint sifflante :

— Au contraire, mon colonel. Des noms, des milliers de noms dans vos cimetières militaires. Et le mien avec. Mais tous ces noms pèseront lourd un jour, et chaque litre de sang. Voilà ce que j'espère.

— Présenter la facture !

— Présenter une comptabilité sans failles !

Une immense lueur éclaira le front. Sans doute l'explosion d'un dépôt de munitions touché de plein fouet par l'artillerie.

— Et pour vous, mon colonel ? Vous attendrez le retour d'un roi ? demanda Samboura d'une voix radoucie.

Le colonel sembla surpris :

—Vous savez cela aussi ?...

—Vous n'en faites pas mystère.

Valadon réfléchit.

— Un roi n'y aurait rien changé. La guerre a évolué, pas le corps des officiers supérieurs.

— Mais mon colonel, quand ils seront partout, occupant chaque pouce de la France, que ferez-vous ?

Valadon haussa les épaules.

— Chercher une contenance. S'assumer en vaincu, donc, savoir se donner un air hautain, sarcastique et méprisant : comment faire autrement ?

— Ceux-là, les Allemands, ne sont pas des gentilshommes, mon colonel.

Valadon lui fit face et se retint de poser sa main sur l'épaule de l'Africain.

— Mais vous, vous en êtes un, Samboura !... Bonsoir.

Il s'éloigna et Samboura remarqua que sa silhouette s'était voûtée.

Lundi 17 juin 1940.
5 heures du matin.

Deuxième jour.

9

— Et… c'était quand, la dernière fois ? demanda-t-elle d'une voix presque étouffée, comme pour atténuer la question qui lui semblait le comble de l'audace et de l'indiscrétion.

Ils étaient allongés sur le lit, nus, n'était Sylvie qui portait une jolie culotte de soie blanche. Elle, la tête posée sur la poitrine de Dragance et lui qui fumait en regardant la lumière bleue de juin qui filtrait à travers les lattes des volets : combien de jours, d'heures, peut-être, la verrait-il, cette lumière bleue, avant la noirceur du néant ?

Il chassa cette pensée et répondit à la question de Sylvie :

— Avril. Pendant une perme. Mais c'était une bêcheuse.

— Pourquoi ?… Pourquoi une bêcheuse ?

Il soupira :

— Ses robes… Ses couturiers…

— Des robes de Paris ?… Oh ! dis-moi tout cela ! Je veux tout savoir !

— Tout… quoi ?

— Mais les couturiers !

— Elle n'aimait pas les robes de Worth, ni celles de Rochas, ni les ensembles Mainbocher et Maggy Rouff, pas davantage. Elle hésitait sur Balenciaga, Chanel, Schiaparelli, Nina Ricci et Jacques Fath. Mais elle était amoureuse d'un ensemble de chez Molyneux, d'une robe noire de chez Patou et, pour les sports d'hiver, d'une tenue de ski de chez Heim. J'écoutais tout ça avec une voluptueuse douleur...

La jeune femme ne comprenait pas quelle volupté pouvait receler la douleur mais, à plusieurs reprises dans les livres de Dragance, certaines phrases l'avaient déconcertée, ajoutant curieusement à l'admiration qu'elle portait à l'écrivain.

Il précisa :

— Une bêcheuse et une imbécile.

— Pourquoi ?

— Je l'avais connue pendant la crue de la Seine, en janvier 39. J'avais les pieds dans l'eau, sur le quai. J'ai entendu un rire stupide. Deux heures plus tard, nous étions au lit.

Il resta rêveur, un sourire amusé aux lèvres.

Elle en fut jalouse.

— Eh bien ?

— Ah oui ! Elle me dit : « On vit ensemble ? » C'était prêter le flanc à une attaque sauvage. Je lui répondis : « Tu désires que nous vivions ensemble... Il y a une minute, j'étais un homme rare et tu veux déjà que je devienne une habitude. »

— Tu es méchant.

— Elle était sotte.

— Moi aussi je suis sotte. Une petite provinciale.

— Non, mon trésor : tu m'as choisi, tu m'as voulu et j'ai cédé. Dans notre affaire, force est d'admettre que j'ai un côté gonzesse.

— Henri !

— Quoi, Henri ?

— Si un homme n'est pas… ce que tu dis, c'est bien toi.

Il continua, par jeu :

—Tout de même, se sentir désiré et céder, on peut s'interroger.

— Non, non et non !… Tu es une exception.

Il sourit.

— Être une exception, c'est le début de la terreur.

—Tu as réponse à tout. Et tu sais bien que c'est injuste.

— C'est vrai, mais c'est le privilège des exceptions. Ah ! c'est toi qui l'as dit !

Elle le regarda longuement.

— C'est fou comme je t'aime !

Il s'assombrit.

— Je t'en prie, ne me dis pas ça. Tu aimes peut-être mes romans… Moi, je suis un type ordinaire, tellement ordinaire.

— Je t'aime. Et si fort !

—Tu vas m'émouvoir pour de bon. Sale garce !

— Oui, traite-moi de garce. Tu sais que je n'en suis pas une, mais je sens que ça te plairait.

— Me plaire… Bonne idée : retire ta culotte.

— Mais…

— Retire-la, s'il te plaît.

Elle s'exécuta sans comprendre : une demi-heure plus tôt, après qu'ils eurent fait l'amour, il la lui avait fait remettre… N'osant se relever, elle se contorsionna sur le lit pour ôter la pièce de lingerie et se mettre nue. Pendant ce temps, Dragance saisissait sa chemise kaki et l'observait.

Elle lui tendit timidement la petite culotte puis reposa sa tête sur l'épaule de l'écrivain.

Celui-ci paraissait terriblement sérieux. Il porta la pièce de soie à ses lèvres, l'embrassa longuement, puis, observant la jeune femme :

— Regarde, regarde bien. Là, il y a du sperme sur ta petite culotte de soie et là... oui, là, il y a du rouge à lèvres sur ma chemise militaire. C'est vraiment magnifique !... Un grand, un véritable, un superbe adultère. Mais plus que nos mots ou au bout de ceux-ci, c'est par mon sperme sur ta culotte de soie que tu es vraiment, totalement ma femme, chose que ton connard de mari ne pourrait comprendre, vivrait-il cinq siècles !

— Henri, je comprends... La moitié, le quart, je m'en fiche, je sais que tu parles pour nous deux.

« Très émouvante, songea-t-il, comment lui résister ? »

Il prit le menton délicat de la jeune femme dans sa main rude, aux ongles noircis par la poudre et la graisse d'armes.

— Sylvie !... Quel drôle de joli petit nom pour une aussi grande passionnée !... Sylvie, c'est vraiment déconcertant. Tu m'as envoûté, ravissante sorcière !

Il changea de voix et adopta un ton mélodramatique de théâtreux de troisième ordre :

— Ô Vénus insensée de mes sens agacés !

— Comme c'est joli !

— De la petite bière, entre nous, de quoi se faire siffler par mes lecteurs. Et puis la seule chose jolie, ici, c'est toi, trésor caché près des forêts d'Orléans.

— J'ai si peur de te décevoir, Henri. Je suis une petite bourgeoise.

Il sourit.

— « Bourgeoise »... « mariée »... « province »... Mais ces mots-là vont encore me faire te sauter dessus, imprudente ! D'ailleurs, m'abandonner à une telle... sensualité, j'en suis le premier surpris, ensorceleuse. Je suis sûr que tu travailles pour le fascisme international, voleuse de santé !

— Mais...

Il la fit taire d'un baiser et poursuivit :

— Tu démoralises l'armée française. Après avoir dévoré ta bouche gourmande, ton adorable chatte, croqué tes fesses rondes, sucé tes jolis seins à en perdre haleine, comment veux-tu que j'aille retrouver mes copains qui font les mariolles sur le pont ?

— Mais tu les aimes bien !

— Chevtenchenko est un ami et un grand peintre. Le capitaine est un brave type. Les autres, presque des inconnus.

— Et celui qui s'est saoulé ?

— Marchal ? Un Croix-de-Feu !... L'abruti !... Ce matin, il aura l'impression que son foie est une pierre ponce, son estomac une sauterelle atteinte du mal de Siam et qu'une grosse pieuvre cinglée siège à la place de son cerveau. Et il dira que, jaloux du fait qu'il a abattu un « Chtouka », c'est nous qui l'avons fait boire. Quand la mauvaise foi va d'un même pas avec la connerie, la cause est entendue et il n'est plus rien à faire.

Elle devina qu'il n'en avait pas fini et lui caressa les lèvres d'un index délicat.

Il reprit :

— Mais tu as raison, je les aime bien, au fond. Ouvriers, paysans, fonctionnaires... artistes, on se bat pour la même cause et sous le même uniforme. Et puis vois-tu, il y a aussi cette idée que nous mourrons peut-être ensemble. On n'en parle jamais mais au fond, quand on y pense, c'est terrible : la même fosse commune. Pourrir ensemble : « Voilà mes asticots, présente-moi donc les tiens, veux-tu ?... Ah ! excuse-moi, vieux, je vois bien que mon tibia entre dans ta cage thoracique et j'imagine comme c'est désagréable, mais vois-tu, c'est l'après-guerre... »

— Non, je t'en supplie, ne dis pas ça.

Il la regarda avec surprise.

— Voyons, Sylvie, c'est bien cela dont il s'agit. Nous sommes des sacrifiés. Pour qui, pourquoi ?... Peut-être que chacun de nous est au bout de quelque chose, d'une idée, d'une logique...

— Non, non et non : toi tu commences quelque chose !

Il fut ému de son air têtu. Femmes adorables qui souhaitent enlever les hommes à leurs grands desseins morbides qui seuls leur permettent de résister à la médiocrité des temps quotidiens. Femmes qui donnez la vie, hommes qui la jouent au 421 avec la mort. Nous ne serons jamais semblables, les lois n'y feront rien, nous nous aimerons donc toujours avec ce petit rien de haine qui scelle les grandes passions.

Ainsi pensait le sergent-chef et écrivain Henri Dragance.

Il sourit à sa belle maîtresse.

— Au combat, la mort qui s'ennuie à mourir choisit parfois de bien drôles de types. Nous avions un copain qui a été tué dans le Nord. Sa femme était enceinte et cela lui donnait la certitude qu'il en reviendrait à cause du baptême : quelle connerie !... Vois-tu, excuse ce détail naturaliste, mais ce copain était un péteur. On s'était habitué, à la batterie. Mais il avait une façon étrange de péter, un bruit très sec semblable à un claquement de culasse. En patrouille, lorsqu'il marchait en serre-file et lâchait un vent, tout le monde se jetait à terre en attendant l'attaque des Chleuhs.

— Pourquoi fais-tu la guerre, Henri ?... Tu pouvais te faire dispenser, non ?

— Justement, cette possibilité qui m'était offerte me soulevait le cœur. J'ai demandé une unité combattante. J'ai même fait intervenir un ministre.

— Mais à ce moment-là, on ne se connaissait pas !

Il la regarda et elle devina sa tendresse. Une vague de désir passionné la submergea, qu'elle eut du mal à endiguer.

Il répondit, un peu moqueur :

— Eh oui, on ne se connaissait pas, ma jolie petite Polonaise. J'ignorais tout de ta blondeur épanouie. Je ne te connaissais pas, toi et tes tendres pièges.

— Quels pièges ?

—Tss-tss !... Ne me mens pas, ça nous porterait malheur. Promis ?

— Promis.

— Bien. Quand tu as appris que par un formidable hasard ton calamiteux écrivain favori était affecté à la défense de votre... superbe pont, tu es retournée chez toi. Vrai ?

—Vrai.

—Tu as mis cette culotte de soie « à tout hasard ». Tu n'en as qu'une d'aussi belle facture. Vrai ?

—Vrai. Mais pas à tout hasard. J'ai pensé à toi, j'ai rêvé, j'ai espéré.

—Tu es arrivée au pont toute vaporisée de ton capiteux parfum Habanita, que j'adore. Vrai ?

— Vrai. Mais comment sais-tu si bien reconnaître les parfums ?

— Les parfums, comme la peinture, d'ailleurs, et la sexualité ont à voir avec la littérature. Je ne sais pas en quel sens, mais j'en suis certain.

— Tu ne m'as pas répondu.

Il sourit.

— Disons que, dans ma vie, j'ai déjà croisé ce parfum... Cœur de rose et de jasmin, vanille et vétiver. Notes âcres, tenaces et débridées. Vrai ?

— Vrai.

— Toi, tu voulais me plaire.

— C'était sans espoir mais je rêvais de te plaire.

— C'est chose faite.

— Tu m'oublieras. Dès tout à l'heure. Quel dommage. J'aime toujours autant l'écrivain mais je lui préfère l'homme que je découvre.

— T'oublier ? Jamais. À Paris, je n'ai jamais rencontré une femme comme toi. Si je survis, ce qui m'étonnerait, je t'enlève. Et ton connard de mari, je lui envoie mon avocat, le meilleur de Paris. Et allez donc !

— Ce n'est pas ce que tu as écrit de mieux, mais j'adore ton « Et allez donc ».

Il la regarda, surpris.

— Ça ? C'était au cinéma, tu sais, les attractions juste avant le film. Une fille en jupette annonçait les numéros et disait : « Et allez donc. »

— Tu as couché avec ?

— Non. J'étais sur un roman. Quelquefois, il faut choisir. Je te préfère à mes romans et à la guerre.

— Je ne peux y croire... Tu partirais avec moi ?

— *Just we two.*

— Pardon ?

Il embrassa les cheveux blonds et cascadants de la jeune femme en murmurant :

— The point of view expressed in it, as you will immediately see for yourself, is definitively a minority opinion, my love, my sweet, my deary.

Elle le regarda, stupéfaite.

— Tu parles anglais ?

— Je le mutile.

Ému de l'admiration qu'il lisait dans les yeux de la jeune femme, et qu'il jugeait hors de proportion avec ce qu'il pensait de lui-même, il l'attira à lui et la serra très fort :

— Nous sommes Hansel et Gretel perdus dans la forêt où rôde l'horrible oncle Adolf avec sa moustache en balai de chiottes !... Faisons un grand calin d'enfants, veux-tu ?

10

Il arriva aux environs du pont vers huit heures du matin et Chevtenchenko, assis dans son fauteuil de coiffeur, déploya son grand corps pour venir vers lui.

Au bord de la Loire, Lengrand, en pleine lessive, chantait à tue-tête :

On ira pendre notre linge sur la ligne Siegfried
Pour laver le linge voici le moment.
On ira pendre notre linge sur la ligne Siegfried
... *Si on la trouve encore là !...*

Chevtenchenko sourit en hochant la tête avec indulgence, Dragance haussa les épaules.

— Ah ! le con !

— Qu'est-ce que t'as sous le bras, un poste de T.S.F. ? demanda le Russe.

— Réquisition. Sur décision unilatérale de mézigue.

Il siffla entre ses doigts. Répondant à ce signal, le caporal Faye passa la tête par la fenêtre du rez-de-chaussée et arriva en courant. Dragance lui tendit le poste T.S.F.

— Laisse un peu en veilleuse ton émetteur-récepteur et mets-nous un poste parisien. Peut-être qu'on va apprendre que l'armée des Alpes a pris Rome et marche à présent sur Berlin en brûlant les étapes.

Le caporal fronça les sourcils.

— C'est possible, ça, sergent ?

— Dis donc pas de conneries !...

— On sait jamais... On est l'armée française, quand même !

Dragance fut ému de cette naïveté mais haussa les épaules.

— Écoute voir aussi l'autre salopard, « le traître de Stuttgart[1] ». Il lui arrive hélas de dire ce que les nôtres nous cachent.

Le caporal s'éloigna.

Dragance regarda le ciel bleu en s'étirant avec un sentiment de bien-être.

— C'est autre chose que cet hiver !

L'hiver 39-40 avait été le plus rude depuis 1893. Dans l'Est, on enregistra pendant des semaines une température de moins vingt degrés.

Chevtenchenko, l'air amusé, ne quittait pas son ami des yeux.

— Beau temps, en effet. Mais tu m'inquiètes, tu sembles fatigué, très fatigué.

— C'est possible.

---

1. Paul Ferdonnet, surnommé par les soldats français « le traître de Stuttgart », lisait des textes démoralisants, en français, à Radio-Stuttgart. Son slogan favori était « Les Anglais se battront jusqu'au dernier Français ». Fusillé en août 1945.

Chevtenchenko, que le ton assez froid de son ami ne rebutait pas, reprit :

— Tu te souviens de cette strophe de Rimbaud ?

— Laquelle ?

— *Un pavillon à claires-voies / Abrite doucement nos joies / Qu'éventent des rosiers amis.*

— Je n'ai rien à foutre de cette strophe de Rimbaud qui, entre parenthèses et sans vouloir te vexer, est de Verlaine. Qu'est-ce que tu veux savoir ?

Chevtenchenko entraîna son ami vers la grande table et lui servit un bol de café.

Enfin, il répondit :

— Rien. Je te trouve heureux. C'est bien la première fois depuis un an qu'on se connaît.

Dragance ébaucha un sourire.

— Ça se voit donc tant que ça ?

— Et même un peu plus.

Dragance avala le café et regarda son ami dans les yeux.

— Tu dois penser que je suis un vieux galantin... Mais c'est autre chose.

— Je ne veux pas être indiscret, Henri.

Dragance, la cafetière à la main, secoua négativement la tête en se servant un nouveau bol.

— Il ne s'agit pas de ça. C'est une femme étonnante. Trente-cinq ans, rêveuse petite-bourgeoise de province recluse à la maison et, pour faire bon poids, un mari qui ne l'a jamais comprise.

— Il est où, cézigue, que je lui fasse le coup de la balle perdue, histoire d'embellir ton idylle ?

— Il est loin. Officier — en plus ! — sur la ligne Maginot.

— La ligne Maginot ? Mais, alors, il est encerclé depuis avant-hier.

— S'ils le chopent et le foutent dans un oflag, ce sera le seul truc bath que les Chleuhs auront réussi pendant cette guerre.

Le regard de Chevtenchenko s'attarda du côté du pont.

— Voilà du beau linge, on dirait.

Ils s'approchèrent.

Mousquetons braqués, Alamichel, Ruschetti et Mathet encerclaient une Vivastella, jolie berline noire et chromée. Derrière venait une petite Simca 5.

Son ami sur ses talons, Dragance approcha en bouclant son ceinturon. Il dégrafa l'étui de son arme et, le lourd revolver à la main, ordonna aux occupants de la première automobile :

— Terminus. Tout le monde descend.

Un chauffeur et deux officiers supérieurs sortirent de la Vivastella. Derrière, un lieutenant quitta le volant de la Simca 5.

Ignorant les protestations, Dragance se plaça devant le chauffeur, un simple soldat.

— Contre-ordre : t'es relevé de ton service. Cavale-toi où tu veux.

— Avec plaisir ! répondit l'autre en prenant sa musette et en s'éloignant dans la grande rue pavée de Chessy-sur-Loire.

Dragance s'approcha ensuite du lieutenant, un homme fort au teint très rouge.

— Alors, mon lieutenant, on fout le camp en douce ?

— Ne jouez pas au con, sergent : ça, c'est la cour martiale.

Dragance lui sourit, mais son regard restait dur.

— Vous êtes en mission ?... Vous emportez le drapeau du régiment afin qu'il ne tombe pas entre les mains de l'ennemi ?... Vous vous repliez sur une position préparée à l'avance, disons du côté de Cagnes-sur-Mer ?...

— Je suis en mission.

— Alors c'est parfait, mon lieutenant. Montrez-moi l'ordre de mission.

Le gros lieutenant jeta un regard inquiet aux soldats qui le tenaient en joue, puis :

— C'est-à-dire... Cet ordre, c'est un ordre oral, n'est-ce pas.

— C'est vous qui parliez de cour martiale ?... Vous devriez pourtant savoir qu'en temps de guerre, la désertion est punie de la peine de mort.

Alamichel, Ruschetti, Mathet et Chevtenchenko, que Lengrand avait rejoints, armèrent les mousquetons.

Le lieutenant, terrorisé, tomba à genoux.

— Je vous en supplie... J'ai deux gosses...

Dragance se détourna un instant puis, durement :

— Fous le camp, toi aussi.

Le lieutenant se releva avec empressement, hésita à retourner à sa Simca et, se ravisant, s'éloigna à grands pas vers le sud.

Dragance s'approcha des officiers supérieurs.

— Papiers !

Les deux hommes, inquiets, ne discutèrent pas.

Le sergent-chef prit connaissance des documents et émit un sifflement :

— Fichtre !... Ah ! nom de Dieu, écoutez ça, les gars : un colonel trésorier-payeur de corps d'armée et un médecin général d'armée !... Dommage qu'on ne nous ait pas affranchis, sinon...

Il hésita, reprit :

— Sinon, c'est à la mitrailleuse qu'on vous aurait accueillis !... Mains en l'air !

Le général et le colonel se consultèrent du regard puis obéirent.

Dragance se tourna vers les soldats.

— Zieutez ça, les gars, et dites-moi pourquoi on devrait se faire tuer ici. Ce zèbre-là, médecin général d'armée, laisse derrière lui des dizaines de milliers de blessés et n'en a que foutre mais il est vrai que l'idée de se faire agrafer par les Chleuhs comme tout un chacun ne l'a sans doute jamais effleuré... Quant à l'autre pégriot, le colonel trésorier-payeur, je parie qu'il décroche avec la caisse, c'est à dire la solde des pauvres cons comme nous.

Il fit signe à Chevtenchenko qui alla ouvrir la malle arrière. Il aperçut des sacs scellés et en ouvrit un à la baïonnette.

Enfin, d'une voix forte :

— C'est bourré de talbins tout neufs et bien craquants. Des grands formats, pas de la monnaie. Ah ! ça fait de la peine, sergent : c'est beaucoup de pognon perdu pour les belles putes de la Côte d'Azur !

Le colonel, un homme grand et sec, protesta d'une voix de fausset :

— Votre interprétation de ce malheureux malentendu est abusive. Il s'agissait simplement de ne pas laisser cet argent aux Boches. Voilà tout !

Chevtenchenko le toisa.

— Et ma main sur ta gueule, ça serait abusif, colonel ?

Dragance secoua la tête.

— Il a dit « voilà tout » : c'est un trompe-la-mort, cézigue !

Il s'approcha du général.

— Et vous, vous sauvez quoi : la teinture d'iode ?... Les bandes Velpeau ?... L'aspirine ?...

Le général feignit un air navré :

— Votre humour en ces circonstances...

— Vaut bien votre lâcheté en ces mêmes circonstances !... coupa Dragance.

Levant les yeux au-delà du sergent-chef, le général s'adressa à Rollet qui venait d'apparaître dans son uniforme impeccablement brossé.

— Faites cesser cette mascarade, capitaine. Et foutez-moi ce sergent et ces hommes au trou en attendant la cour martiale.

— Que vous présiderez, mon général ? demanda Rollet, l'air intéressé.

— Bien sûr que non !... J'ai autre chose à faire que ces conner... que de présider une cour martiale !

Rollet hocha la tête, l'air pénétré, puis :

— Comme vous le constatez, mon général, notre position est désespérée. Aussi dois-je veiller au moral de la troupe. J'ai chargé le sergent de contrôler le passage du pont. Il a carte blanche et le désavouer nuirait à la belle harmonie qui s'est établie sur la position entre la troupe et son officier. En d'autres termes, démerdez-vous, mon général.

Et, sourire aux lèvres, il tourna les talons.

Dragance observa ses soldats.

— Dites voir, « la belle harmonie », on les fusille ?

— Comme les huit autres, sergent ! répondit Chevtenchenko.

Le général déglutit :

— Sergent, tout de même… Je suis médecin, je puis servir.

Dragance hocha la tête.

— Ça, c'est indiscutable. Un rebouteux, c'est toujours utile. Mais dites voir, mon général : votre compagnon, là, il n'est pas médecin, lui ?

— Je me fous de ce type !

— Merci quand même, mon général ! lança le colonel d'une voix aigre soulignée d'un regard noir.

Chevtenchenko s'approchait, Dragance l'interpella :

— Vois-tu, je suis très pessimiste quant à l'avenir de la France. Regarde ces deux-là… La solidarité de classe entre grands bourgeois, ça ne fonctionne pas. Entre officiers supérieurs ?… Pas davantage. Entre crapules, alors, qui au lieu de donner l'exemple se dégonflent en abandonnant leurs hommes ?… Ça ne marche pas non plus !

— Alors seule la mort peut les unir ! répondit Chevtenchenko d'une voix sépulcrale, en ajoutant : Comme les huit autres.

« Il en fait beaucoup », songea Dragance que tout cela, brusquement, irrita.

— Baissez les mains.

Les officiers supérieurs s'exécutèrent.

Dragance reprit :

— Verdict : vous retournez d'où vous venez. À pied. Et je vous conseille de courir car je ne pourrai empêcher longtemps mes hommes de s'essayer au tir sur deux officiers supérieurs déserteurs.

— Comme les huit autres, ceux qui n'ont pas couru ! ajouta Chevtenchenko qui tenait à ce bobard.

Les officiers se dirigèrent vers la Vivastella. La voix dure de Dragance les immobilisa :

— Vous abandonnez tous vos effets personnels.

— Y aura peut-être des photos cochonnes ? ajouta Alamichel.

Pour faire hâter le mouvement, Dragance tira en l'air. Aussitôt, les officiers supérieurs prirent leurs jambes à leur cou.

Le spectacle du colonel grand et mince et du général rondouillard courant coudes au corps en s'invectivant l'un l'autre déclencha l'hilarité de la petite troupe.

— Eh ! ça y va à la manœuvre ! lança Ruschetti.

Chevtenchenko, un instant frappé de stupeur, claironna joyeusement :

— Au front !... Ils cavalent vers le front !... J'ai jamais vu de toute ma chienne de vie des officiers supérieurs courir aussi vite sus aux Boches !

Dragance sourit puis, lorsque les deux officiers eurent dépassé le pont, il ordonna :

— On fait l'inventaire des automobiles !

— On va partager, sergent ? demanda Lengrand, plein d'espoir.

— Sortez tout, on verra bien.

11

Dragance, Chevtenchenko et le capitaine regardaient avec des sentiments mêlés les soldats qui pillaient les effets personnels des officiers supérieurs. Chemise de soie, Eau de Guerlain, rasoir à manche d'ivoire...

L'argent du colonel trésorier-payeur avait été placé dans un grand sac de cuir appartenant au général tandis que les papiers officiels attendaient le tri sur le bureau de Rollet.

— Ça ne finira pas bien, tout cela ! lança le capitaine Rollet d'une voix exceptionnellement grave.

Dragance haussa les épaules.

— En débâcle militaire, 1870 en plus moderne, plus ample dans le mouvement : il faut remercier l'automobile.

On entendait le canon, plus proche que la veille.

Le capitaine Rollet insista :

— Et si les Boches passent, qu'est-ce qu'ils feront ?

— Comme d'habitude : ils cisailleront nos itinéraires de repli et balayeront les môles de résistance que nos généraux n'ont pas flanc-gardés en s'appuyant plus efficacement sur la Loire. Et puis ça recommencera cent kilomètres plus bas et, un jour, nous aurons derrière nos culs les Pyrénées ou la

Méditerranée. Alors là, ce sera vraiment la fin des haricots. Et allez donc !

Rollet sourit. L'aisance du sergent-chef lui plaisait mais l'esprit de celui-ci semblait déjà ailleurs :

— Maurice, je crois qu'on a fait une connerie.

— Laquelle ? demanda Rollet, heureux que, par ce « nous », le sergent-chef s'associe à la susdite connerie dont il ignorait tout.

Dragance poursuivit :

— Le F.M. Il n'est pas mal placé mais regarde les rives de la Loire.

— Oui, et alors ?... Qu'est-ce qu'il faut voir ?...

— Si les Chleuhs tentent de venir par là, on a l'avantage. Regarde bien : sur notre rive, pour la défense, on est très favorisés par la dissymétrie car, du côté allemand, ils seront très nettement plus bas. Cette inégalité de niveaux entre les rives, ça nous permet une vue et surtout un tir plongeant.

— Tout à fait exact. J'envoie Marchal.

— Attends un peu, il pille les calcifs du général.

Chevtenchenko intervint :

— Visiteur sur le pont !

Un fourgon approchait, tiré par un cheval et guidé par un jeune soldat.

L'arme à la main, Dragance ordonna au conducteur de descendre et entreprit de faire le tour du véhicule. Bourré de paille, c'était un vieux fourgon hippomobile d'un modèle en service dans l'armée française depuis... 1874.

Il s'approcha du jeune soldat.

— Et alors ?... Le colonel des Sénégalais t'a laissé passer ?

— Sergent, il m'a dit comme ça : « Où vas-tu ? » J'ai répondu comme ça : « Faut que je me replie avec la paille, ordre du lieutenant Delfaux. » Alors il m'a dit comme ça : « Il est à bout, ton cheval. » Et moi j'ai répondu comme ça : « Mon colonel, il en peut plus, le pauvre vieux. » Alors le colonel a réfléchi et m'a dit comme ça : « Passe au plus court. »

Dragance sourit.

— S'il te l'a dit « comme ça »...

Puis il fit signe aux hommes qui s'étaient approchés.

— On dételle.

Le jeune soldat intervint :

— C'est que j'ai pas le droit, sergent. Ordre du lieutenant Delfaux.

Dragance soupira.

— Où est-il, ton lieutenant Delfaux ?

— Ah ! mais le lieutenant, il est replié depuis hier matin. À la division, il y avait un beau coupé Panhard pour les officiers.

Dragance secoua la tête, l'air désolé.

— Dételez !

Aussitôt, les hommes dételèrent le fourgon.

— C'est que... dit le jeune soldat.

— Ordre du capitaine Rollet ! lança le capitaine, agacé.

Dragance s'approcha du cheval et lui caressa le chanfrein orné d'une tache blanche en forme d'étoile. La robe, attaquée par les taons, semblait cependant bien entretenue et conservait une belle couleur bai-brun. Quatre balzanes blanches auraient encore relevé son allure, n'était que la malheureuse bête n'en pouvait visiblement plus, le corps tremblant de fatigue.

Dragance se sentit très proche du vieux cheval, lui murmurant à l'oreille :

— On a peut-être le même âge. L'exercice nous crève, on a le souffle trop court et le cœur qui s'emballe. On est des vieilles bêtes de réforme…

Il regarda vers le pont et corrigea :

— Non, des animaux de boucherie.

Il flatta l'encolure du cheval et s'adressa au jeune soldat :

— T'es de quel coin ?

— Je suis du pays, sergent. Mes parents ont une ferme près de Tours.

— Dis, t'as l'air d'y tenir à ce vieux canasson ?

— Quand on souffre ensemble, on s'attache aux bêtes, sergent, forcément. Avec la vie qu'on a depuis des semaines, rien que la retraite, les avions…

— Bon, ben le cheval, tu l'emportes. À ne plus tirer le fourgon, il va retrouver ses jambes.

— Mais où que je vais, sergent ?

— Bonne pomme !… T'as la chance d'habiter à Tours, tu rentres chez toi. Et tu te démobilises tout seul, comme ton lieutenant Delfaux, cet empaffé qui t'a laissé quimper en prenant la tangente.

— Mais c'est pas bien réglementaire, tout ça. Je risque des ennuis.

— T'es vraiment un emmerdeur, toi ! dit Dragance en regardant Rollet, proche du fou rire.

Puis le sergent sembla brusquement inspiré :

— Ton livret militaire, mon p'tit gars !

Le soldat s'exécuta et Dragance, le capitaine sur les talons, alla fouiller dans les papiers du général. Le sergent-chef y trouva deux tampons qu'il essaya puis, s'adressant à Rollet :

— Une commission de réforme, ça te dit, Maurice ?

— Qui réformes-tu ?... Le vieux canasson ?... Le petit soldat abruti ?... Les deux ?...

— Les deux. Essaye de te souvenir des commissions de réforme, puisqu'on a les tampons d'un général du service de santé. Disons que la commission siégeait voilà... Trois jours, à Orléans ?... Ça peut se faire un machin comme ça ?

— Aux petits oignons.

— Moi, je vais m'entraîner à imiter la signature du général.

Il leva les yeux vers Rollet.

— Tu te rends compte d'une époque ?... On est des dieux, on a droit de vie et de mort : sans nous, le petit abruti risquait de ne jamais revoir sa ferme et ses parents.

— C'est vrai, Henri : mais nous, qui veille sur nous ?...

☆

Ils avaient longtemps regardé le soldat et le vieux cheval qui s'éloignaient sur la route puis Dragance fit pousser le fourgon hippomobile dans la Loire : avec son chargement de paille, il représentait un réel danger d'incendie.

Vers dix heures, une centaine de jeunes soldats, sans armes, arrivèrent au pont.

Dragance fronça les sourcils.

— Qu'est-ce que c'est encore que cette combine ?

— Quelle combine ? demanda le capitaine.

— Tss-tss !... Ton colonel royaliste laisse passer peu de monde mais, à chaque fois, c'est intéressant et non dénué de malice.

— Tu charries, c'est pas *mon* colonel.

Dragance sourit.

— Tu l'as à la bonne : un ennemi de classe !

Rollet inclina la tête, pensif.

— Disons... C'est con qu'il soit royaliste parce que, pour le reste, c'est plutôt un brave type. Mais qu'est-ce que tu veux, Henri, c'est pas notre milieu, c'est pas nos idées.

Les soldats de Dragance, mousquetons braqués et casques ajustés, contenaient la centaine de jeunes militaires. Aux questions précises du sergent, un jeune étudiant répondit avec intelligence.

— Effarant !... souffla Dragance à Rollet lorsqu'il eut compris la situation.

À Orléans, il s'était donc trouvé des officiers pour jeter sur les routes des recrues à l'instruction. Des recrues sans armes, sans encadrement, sans vivres et sans argent.

— Qu'est-ce que tu suggères ? demanda Rollet.

— Regarde, il y en a plusieurs qui sont pieds nus. Ampoules, sang, pus : tu connais l'engrenage !... On leur laisse la Vivastella ?

— Ah ! mais c'est que j'y tiens, moi, à la Vivastella.

Dragance s'amusait.

— Oh ! t'es un pingre, capitaine !

Le capitaine s'inclina en souriant. Les plus atteints prirent place dans la Vivastella. Quant aux autres, il leur fut conseillé sinon de se mettre en civil, au moins d'alléger leur tenue : ils trouveraient sur les bords de routes suffisamment de vêtements civils. On leur recommanda également de brûler leurs papiers militaires : ils n'avaient tout simplement jamais fait ce mois d'instruction, leitmotiv à répéter aux Allemands en cas de capture. En outre, ils n'avaient pas intérêt à rallier l'armée française et mieux valait que les Allemands les dépassent.

Aussitôt, casques et vareuses volèrent sur les trottoirs puis l'étudiant, incontestablement le meneur, les fit mettre en file indienne en se tenant aux épaules et le monôme se dirigea joyeusement vers le bourg.

Les défenseurs du pont regardèrent en silence s'éloigner cette bande de gosses débordants de vie.

— Trop jeunes pour mourir ! souffla Rollet.

— Pour mourir, on est toujours trop jeune. Lynen, ton saint-cyrien qui a foutu le camp, ne pensait pas autre chose.

Sur la butte, et depuis le matin, Marchal creusait un trou à la pioche et à la pelle. Nul ne lui posait de question et Dragance allait chercher à en savoir davantage lorsque le caporal Faye passa la tête par la fenêtre du rez-de-chaussée.

— Le maréchal Pétain !... Il va parler au pays à la T.S.F. !...

Dragance regarda le cadran de sa montre : onze heures trente.

☆

Le caporal Faye avait installé le poste de T.S.F. sur le bord de la fenêtre si bien que tous demeurèrent dans la rue, à la notable exception de Marchal occupé à creuser son mystérieux trou.

La voix chevrotante de Pétain fut écoutée dans un silence total, au point qu'on ne semblait plus entendre la canonnade pourtant si proche.

« ... C'est le cœur serré que je vous dis aujourd'hui qu'il faut cesser le combat... »

Puis ce fut terminé, sur un goût de cendres.

Dragance éteignit la T.S.F. et se tourna vers les hommes qui semblaient incertains.

— C'est un discours, rien qu'un discours. Ça ne veut pas dire que la guerre est finie. Rien n'est signé. Pas de cessez-le-feu, pas d'armistice. Mais si certains veulent foutre le camp…

Sans un mot, Mathet et Ruschetti allèrent chercher leurs sacs. Au moment du départ, la plupart des défenseurs évitèrent de leur serrer la main.

Midi sonnait au clocher de l'église.

Dragance fit amener le Pernod et l'eau fraîche d'un puits.

Tous s'assirent autour de la grande table, à l'exception de Marchal toujours occupé à creuser son trou. Certains regardaient les places vides laissées par Mathet et Ruschetti.

Atmosphère sinistre.

Dragance leva son verre.

— Au dernier carré des braves, mort aux cons et vive la bande à Bonnot !

Il arracha quelques sourires.

Puis Alamichel et Lengrand, sans lâcher leurs verres de Pernod, se dirigèrent vers la roulante. On parlait, pour le déjeuner, d'un haricot de mouton.

12

Le colonel Valadon, très pâle, se tourna vers le commandant Ninsgern.

— C'est foutu !

Ninsgern hocha la tête, l'air désolé.

Les nouvelles, transmises par radio, semblaient confuses et parfois contradictoires, mais cela n'empêchait pas les deux officiers de se faire une idée assez précise de la situation.

L'armée de Paris, commandée par le général Hering, avait à peu près réussi son repli sur la Loire elle-même divisée en trois régions militaires. À Nantes, la 11e. À Tours, la 9e. À Orléans, ville toute proche, la 5e. Et c'est là que les choses allaient mal. Le général Michelin, commandant la région, avait protégé la retraite des 3e et 4e corps d'armée puis fait sauter les trois ponts d'Orléans. Mais la ville, presque investie, allait tomber. Comme Gien où déjà, disait-on, les Allemands passaient la Loire avec troupes, chars et artillerie en un flot ininterrompu.

Le colonel, désabusé, semblait se parler à lui-même :

— Ils ont donc certainement passé la Loire et nous, nous sommes sur la rive nord. Ce qui signifie que les Boches sont à la fois derrière et devant nous.

— Concrètement, mon colonel, qu'est-ce que cela veut dire ? demanda Ninsgern qui, dans les situations confuses, n'aimait rien moins que les ordres clairs.

Le colonel réfléchit un instant puis :

— Comme toujours, ils foncent à toute allure en quelques grosses colonnes. Leur but, c'est ça : foncer sans s'occuper de rien parce qu'ils n'ignorent pas que nos soldats, sachant que les Allemands les ont dépassés, cèdent à la démoralisation. Souvenez-vous, Ninsgern : en mai, ils fonçaient vers l'ouest, droit vers la mer. Maintenant, ils s'enfoncent au sud, le plus vite et le plus loin possible. Mais derrière ils ont tellement de troupes en réserve qu'ils ne négligeront pas le pont du capitaine Rollet.

— Je fais prévenir Rollet par radio ?

— Ce serait prudent. Prévenez également les artilleurs des pièces de 155 G.P.F. Et que l'A.L.V.F. se tienne en état d'alerte. Au moindre fléchissement de notre part, toute notre artillerie devra concentrer ses tirs sur ce maudit pont.

— Et les défenseurs, mon colonel ?

— Ils auront dix minutes pour se replier. À Verdun, on n'avait pas tout ce temps.

☆

Le sergent-chef Henri Dragance contemplait avec une sorte d'effroi le soldat Marchal occupé à creuser consciencieusement une fosse. Dragance toussota.

— Dis-moi, c'est gentil chez toi.

— C'est ma tombe, sergent.

— Je m'en doutais. Mais comment se fait-il que tu creuses ta propre tombe ?

— C'est rapport aux asticots, sergent. Je veux pas rester tout pourri et que le pauvre monde et les Boches me regardent comme une charogne. C'est pas un spectacle chrétien, ça.

— C'est louable de ta part mais cette tombe, qui va te mettre dedans quand tu seras mort ?

— Vous, sergent. Vous le ferez, pas vrai ?

Dragance devina le désarroi du soldat.

— C'est promis, mon vieux. Mais si je suis tué avant toi ?

— Ben alors, faudra que ce soit les copains. Mais j'ai plus confiance si c'est vous.

— D'accord. Et je reboucherai, même, si ça peut t'obliger.

— Ah çà ! oui. Et faudra bien tasser la terre, rapport aux bêtes sauvages.

— Tu parles des nazis ?

Marchal ne saisit pas le trait d'humour, l'esprit trop occupé par son affaire.

— Quand c'est bien tassé, ça sent pas trop.

— D'accord, d'accord.

Revenant vers les maisons, Dragance croisa Chevtenchenko qui, d'un signe de tête, désigna Marchal.

— Alors, qu'est-ce qu'il fout, cézigue : il enterre son magot ?

Le sergent-chef haussa les épaules.

— Imagine-toi que les Croix-de-Feu creusent leurs propres tombes. C'est bon signe pour la démocratie, c'est inquiétant pour la santé mentale de Marchal.

— Et ça va démoraliser tout le monde. Je…

Il s'interrompit. Des déflagrations violentes firent instinctivement baisser la tête aux deux hommes.

— 155 G.P.F. ! commenta Dragance.

— Ça prouve qu'il nous reste de l'artillerie.

Dragance regarda son ami dans les yeux.

— Ça prouve surtout que les autres arrivent.

De nouveaux obus succédèrent aux premiers.

☆

Des flammes montaient de la longue colonne des véhicules blindés du kampfgruppe Kapler. Les soldats, affolés, couraient dans tous les sens, prêtant peu d'attention, voire aucune, à ceux des leurs qui grillaient vifs dans les camions à ridelles ou s'échappaient des blindés touchés en traînant leurs tripes derrière eux.

L'oberst[1] Kapler observait, impavide, cette scène de panique. Elle le confirmait dans ce qu'il pensait depuis la campagne de Pologne, à savoir : l'armée allemande n'est pas invincible.

L'oberst Kapler, cinquante-six ans, avait combattu à Verdun durant l'autre guerre. La vue de milliers de cadavres, à quoi s'ajoutaient une naturelle dureté de caractère et une insensibilité manifeste, expliquait en partie qu'il restât de marbre en voyant mourir ses soldats.

Peu lui importait. Sa seule crainte venait de l'hypothétique réaction de son supérieur, le général Schaer, mais celui-ci, planqué depuis toujours dans les états-majors, n'osait

1. Colonel.

affronter directement son subordonné décoré pour de nombreux corps à corps.

Le hauptmann[1] Hipper se présenta avec un premier état des pertes : cinq chars détruits, trois endommagés, onze camions incendiés, une quarantaine de morts et des blessés par dizaines.

Hipper, son rapport achevé, attendait au garde-à-vous.

L'oberst Kapler observa Bamberg, l'aumônier, qui assistait un soldat mourant. Bamberg le révulsait, représentant dégénéré d'une religion qu'il estimait « féminine ». Pour Kapler, seules les dures lois de la nature régissaient les activités humaines : le fort survivait, le faible disparaissait. Ainsi, les Polonais hier et les Français aujourd'hui.

— Demandez la Luftwaffe. Qu'on me nettoie ces canons.

Hipper salua et courut vers le véhicule des transmissions.

— Des 155 G.P.F. ! murmura Kapler.

Il détestait avoir recours à la Luftwaffe. Signe de faiblesse. Mais d'un autre côté, ces pièces d'artillerie devaient se trouver à plusieurs kilomètres et, avant de les atteindre, il perdrait d'autres chars, beaucoup d'autres. Sans préjuger des défenses que les Français avaient peut-être mises en place.

L'oberst Kapler soupira.

Puis il sourit. La situation l'amusait. Il en voulait terriblement à ces militaires français… de défendre leur pays.

— Très paradoxal ! souffla-t-il.

La déroute des armées françaises avait ainsi créé un état d'esprit, sinon une habitude, et en faisant ce qu'au fond on était en droit d'attendre d'eux, les soldats français suscitaient

1. Capitaine.

une sorte de rancune, de celle qu'on éprouve après une trahison : pourquoi ne fuyaient-ils pas sans faire d'histoires ?

Le hauptmann Hipper revint et salua en claquant des talons :

— La Luftwaffe a décollé, herr oberst.

— Très bien, Hipper. Et que pensez-vous de ce tir d'artillerie ?

Hipper réfléchit intensément. Il ne voulait pas décevoir Kapler qui semblait l'apprécier, aussi choisit-il de se montrer intelligent, mais pas dogmatique :

— Ils nous attendaient probablement, herr oberst. Ils ont eu des jours, peut-être des semaines pour affiner leur tir. Sinon, comment expliquer cette précision diabolique ?

— L'artillerie française ne manque pas de talent. D'après vous, ils auraient pris leurs marques ? questionna Hipper.

— C'est évident, herr oberst.

— Cette route était donc en quelque sorte piégée par l'artillerie française ?

— Parfaitement, herr oberst.

— Et moi, pauvre crétin que je suis, j'ai envoyé mes panzers droit dans la gueule du loup ?

— C'est…

Soudain très pâle, Hipper se tut. Il tenta désespérément d'endiguer la peur qui s'emparait de lui. Qu'avait-il dit là ?… Oh ! l'imbécile !… Chaque phrase de l'oberst Kapler était un piège, chaque mot une mine.

À tout hasard, il se mit au garde-à-vous.

— Herr oberst, il n'y a pas de crétin. Cette route est la seule voie d'accès directe au pont qu'on nous a signalée comme étant toujours intacte. Malgré tout le respect que je vous dois, herr oberst, et ma profonde admiration, je ne suis pas d'accord avec vous. Très exceptionnellement, herr oberst.

— Développez, Hipper.

Le hauptmann se sentait sur des charbons ardents. Aucun droit à l'erreur, le colonel était le diable.

— Droit devant, herr oberst. Un qui tombe, deux qui passent !... Un qui tombe, deux qui passent !...

Kapler hocha la tête.

— Intéressant.

— Ce sont vos propres paroles, herr oberst.

— Admettons. Bien, nous passons en force. Que faisons-nous ?

— Pardon, herr oberst ?

Kapler eut un petit geste de la main manifestant son impatience.

— Eh bien, oui !... Vous savez cela, Hipper. Les morts, toute cette viande, la leur, la nôtre... Et puis les prisonniers, bien entendu.

Se souvenant de la Pologne, Hipper comprit immédiatement.

— Un exemple, herr oberst ?

— Je sollicite votre avis, Hipper, je ne vous demande pas de me poser des questions.

— Eh bien, je crois qu'il faudrait peut-être faire un exemple.

Kapler fit mine de peser ces paroles, puis :

— Je réfléchirai à votre proposition, capitaine. Rude, sans doute, mais certainement salutaire pour le moral de nos troupes.

Un instant, le hauptmann Hipper se demanda si Kapler ne tentait pas, par anticipation, de lui faire porter la responsabilité de quelque chose de fort désagréable.

13

Passant en rase-mottes, les chasseurs Messerschmitt 109 ouvrirent la route en mitraillant le pont, la barricade et ses défenseurs, sans faire de victimes.

Plus haut, plus lents, les Stukas fonçaient vers la position approximative des canons de 155 français que les chasseurs ne tardèrent pas à repérer.

Aussitôt, les Stukas piquèrent pour lâcher leurs bombes.

☆

Chacun se relevait en époussetant avec plus ou moins de soin son uniforme et en redressant son casque.

Rollet et Dragance s'approchèrent du rez-de-chaussée où le caporal Faye s'activait sur son émetteur-récepteur E.R. 17 mais, apercevant ses supérieurs, le radio secoua négativement la tête.

Rollet regarda Dragance avec gravité.

— Il faut qu'on sache pour les 155... Et peut-être aussi pour la pièce d'A.L.V.F.

Dragance hocha la tête.

— Les 155, c'est à côté. La pièce d'artillerie lourde, c'est à vingt bornes. Tu veux que j'y aille, Maurice ?

Le capitaine observa les autres puis reporta son regard soudain empreint de gravité sur Dragance.

— Toi, Henri, je sais que tu reviendras.

— Démagogue !... Vieux batteur d'estrade !...

Ils échangèrent un sourire puis se dirigèrent vers l'auvent. Chevtenchenko tendit sa capote à Dragance qui la passa aussitôt sur sa vareuse.

— T'as peur d'avoir froid ? demanda Rollet, surpris, car le ciel bleu et le temps très doux incitaient plutôt à tomber la veste.

Dragance saisit son casque par la jugulaire et répondit :

— Non, mais j'ai des carnets de notes dans toutes les poches, des gommes, des crayons, tout un bazar d'instituteur... ou d'écrivain : mais je préfère les instituteurs.

Puis, à Chevtenchenko :

— J'irai seul, Nicolas.

— Comme tu voudras. Mais fais gaffe à toi !...

Le sergent-chef se mit aux commandes du Lorraine, démarra et dirigea son véhicule vers le bourg.

— Il va très probablement s'arrêter en route ! dit le capitaine d'un ton rêveur.

— C'est un voleur de pommes ! répondit Chevtenchenko.

— De bien jolies pommes, si nous pensons aux mêmes.

— Nous pensons aux mêmes !

☆

Au bruit des chenilles du Lorraine, les habitants entrouvraient leurs volets clos.

Exceptionnellement, Dragance conduisait avec lenteur, ne sachant trop où habitait Sylvie. Soudain, il fut appelé par son prénom. Il bloqua aussitôt les chenilles de son engin et leva les yeux vers une jolie maison fleurie. Sylvie, à la fenêtre, lui faisait signe de la main.

Il porta la voix pour couvrir le bruit du moteur :

— Une petite balade ?

— J'arrive.

Le temps que Dragance remplace son casque par son képi et allume une cigarette, elle fut en bas et s'assit dans le lourd véhicule chenillé dont la cabine sentait l'huile de moteur chaude et le tabac brun.

— Tu es définitivement compromise ! remarqua Dragance.

Elle se pencha et l'embrassa sur les lèvres.

— Et plus encore, à présent !

— Tu sais conduire ? demanda-t-il.

— Oui, mon mari m'a appris.

— Ne me parle pas de ce sale con ! dit-il sèchement et, presque aussitôt, il lui jeta un regard désolé et ajouta : Je te demande pardon.

Elle lui sourit.

— Allons, ne sois pas bête, il n'est plus rien pour moi.

— Ça te plairait de conduire cet engin de guerre ?

— Je ne saurai jamais.

— C'est facile, pourtant. Regarde, tu bloques la chenille, hop, tu tournes à gauche. Et celle-là, tu tournes à droite.

Il redressa le Lorraine dont les zigzags inquiétaient les dizaines d'yeux qui observaient le véhicule — et Mme Thorn

— derrière les lattes des persiennes ou les rideaux à demi tirés.

— Tu es monté sur la tour Eiffel ? demanda-t-elle.

— Comme tous les Parisiens, je suppose.

Il crut cependant préférable de taire l'aversion que lui inspirait ce monument et ajouta :

— Et toi ?

— Oui. Je suis allée à Paris en 1937, pour l'Exposition.

— Avec ton... connard de mari ? demanda-t-il en souriant.

— Avec mon connard de mari. Mais toi, où étais-tu alors ?

Dragance ne répondit pas, se contentant de hocher la tête. Il n'était certes point innocent qu'elle insultât son mari devant son amant. Pas venant d'elle. Plutôt une manière de couper les ponts avec son passé, et de s'engager pour l'avenir. Le sergent-chef, conscient qu'il l'avait bien cherché, se trouvait piégé par cette réponse : il eût été lâche de feindre de l'ignorer. En outre, il ne savait s'il devait se sentir coupable ou flatté par l'attitude de Sylvie envers son mari... En réalité, ni l'un ni l'autre. Il fut ému. Il devinait la détermination de la jeune femme à entrer dans sa vie et adorait cela. Seuls les enfants, qui n'imaginent pas même qu'on puisse ne pas accéder à leurs hégémoniques rêves de jouets, de jeux ou de balades, affichent une détermination semblable à celle des femmes amoureuses qui presque naïvement veulent la totale possession de l'homme aimé. Dans ces cas-là, leurs bouches prêtes à une expression boudeuse en cas de refus, leur regard résolu et leur front têtu forment bien une des plus émouvantes et des plus belles choses qui se puissent voir ici-bas.

Ainsi pensait Henri Dragance. Elle reprit :

— Quel vertige d'y songer ! Tu imagines que nous aurions pu nous rencontrer sur la tour Eiffel ?

— Épatant : j'aurais immédiatement jeté l'autre dans le vide.

Elle posa sa main sur la cuisse de Dragance.

— Henri, avant même que je te rencontre, c'était devenu un étranger. Je te le jure, mon amour !

« Mon amour », répéta-t-il intérieurement avec un subtil plaisir. Il se sentait rajeunir. Ainsi, peut-être fallait-il une guerre, l'effondrement d'un pays et une retraite mouvementée jusqu'à Chessy-sur-Loire pour se faire appeler « mon amour » avec une telle ferveur dans la voix.

Il répondit :

— Je ne suis pas jaloux. Je regrette simplement qu'il existe. Mais n'en parlons plus.

— J'ai un cadeau pour toi.

Il quitta un instant la route des yeux puis préféra immobiliser le Lorraine. Il vit la robe légère remontée sur les cuisses, cette adorable tête blonde penchée vers le sac où fouillait la jeune femme. Enfin, elle lui tendit un paquet enveloppé d'un ruban.

Il l'ouvrit avec précaution et découvrit un porte-plume. Au milieu du manche, un œillet de verre. Il regarda au travers et découvrit... une tour Eiffel.

— C'est merveilleux !... *So charming !...* dit-il.

— Je l'avais acheté là-bas, à Paris. Tu écriras avec ?

Cette perspective n'enchantait guère l'écrivain, vieux professionnel attaché pour mille raisons à son propre matériel, mais il se persuada cependant qu'il pourrait écrire quelques lignes avec ce « porte-plume tour Eiffel ».

— Bien entendu !… Et comment faire autrement puisque c'est ton cadeau ?

— Ne te crois pas obligé, Henri.

— Très bien !… Dans ce cas, ouste, à la poubelle !

Il fit semblant de jeter le porte-plume à l'extérieur. Désolée, elle y crut un instant puis sourit en apercevant le porte-plume dans la main gauche du sergent.

— Oh !… Chameau !

— Oh !… Sale garce !

Ils finirent le trajet en silence. À mesure qu'ils approchaient, Dragance se crispait, et le devinant, la jeune femme se fit discrète.

Il engagea l'engin dans un chemin de terre mais, apercevant un tube de 155 G.P.F. anormalement dressé vers le ciel, il coupa le moteur.

— Attends-moi là, veux-tu ?… Je ne serai pas long.

Le chemin grimpait sur une centaine de mètres, ce qui fit pester Dragance qui pouvait parcourir vingt kilomètres sans broncher mais s'essoufflait au moindre raidillon. Puis, à l'orée d'un petit bois, adroitement placée, le sergent-chef découvrit la position des 155 G.P.F. Le cœur serré par une profonde tristesse, il contempla le désastre comme affadi par le ciel bleu et ce grand calme propre aux paysages de Loire.

Rien n'avait plus sa place. Un canon retourné comme un jouet de gosse, l'autre tordu et pointant comme avec prétention le soleil. Les restes des filets de camouflages où s'accrochaient des lambeaux de chairs humaines, un télémètre d'artillerie écrasant un servant, les caissons ouverts, les douilles vides des obus tirés sur les Allemands, les cadavres des chevaux, des fusils Lebel, des pièces d'équipements et, à quelques mètres, une tête casquée au milieu de l'herbe.

Il songea aux paroles de Pétain : « Je me suis adressé cette nuit à l'adversaire pour lui demander s'il est prêt à rechercher avec nous, entre soldats, après la lutte et dans l'honneur, les moyens de mettre un terme aux hostilités »...

— Tu parles ! L'honneur des nazis ! maugréa-t-il.

L'évidence ne tolérait pas même la discussion. Cette guerre, on ne pouvait la perdre. On se serait remis — difficilement, certes — d'une défaite en 14-18 mais il n'était plus question de dommages de guerre : l'Allemagne victorieuse, c'était l'Europe enfermée dans un petit cabinet noir, le début d'un grand retour vers la barbarie.

Il entendit un hurlement et découvrit Sylvie qui ne pouvait détacher son regard de la tête casquée, ballon dérisoire abandonné sur le terrain par des dieux de la guerre lassés de leur jeu.

Il retourna énergiquement la jeune femme pour la soustraire à ce spectacle, l'embrassa avec fougue puis, la prenant fermement aux épaules :

— Ne te retourne plus, maintenant.

Ils remontèrent dans le Lorraine et pendant quelques minutes Dragance roula en poussant le moteur à fond. L'engin ferraillait de partout, l'odeur d'huile chaude devenait plus insistante. De temps à autre, le sergent-chef jetait un rapide coup d'œil à la jeune femme qui regardait fixement devant elle, les mains crispées sur son sac posé sur ses cuisses.

Il stoppa le Lorraine et, se penchant, embrassa longuement sa compagne. Cette fois, ce fut un très tendre baiser.

Il se redressa et, souriant, caressa une longue mèche blonde.

— Ma petite Polonaise qui découvres les horreurs de la guerre. Pauvre petite chérie, j'aurais aimé t'éviter cela...

— C'était...

Elle ne trouva pas ses mots. Il haussa les épaules.

— C'est comme ça qu'on meurt, dans l'artillerie. Bombe d'avion ou tir direct d'un canon adverse, le résultat est le même. Ils n'ont pas dû voir grand-chose, ça va si vite...

— Henri, j'ai peur ! J'ai peur de tout ! Même de vivre !...

Il prit les mains de la jeune femme dans les siennes et les porta à ses lèvres. Puis, dans un murmure :

— *« What man has made of man... »*

— Qu'est-ce que ça veut dire ?

— « Ce qu'un homme peut faire d'un homme »... Phrase de poète, pas de général.

— C'est de... Shakespeare ?

Il l'embrassa dans le cou puis lui sourit.

— Non, de Wordsworth. Mais c'est sans importance.

Elle sembla gênée.

— Je n'ai... J'ai honte, je ne suis pas très cultivée.

— La culture, on y fait son marché, on n'est pas obligé de constituer des stocks.

Elle se détendit.

— Comment trouves-tu des choses pareilles ?

— Parce que je suis fou.

— Non, ne blague pas : comment fais-tu ?

— Comment le savoir ?... Je suppose... J'ai voulu que mon esprit reste libre alors je l'ai préservé des modes, de la terreur et du conformisme.

Il remit le moteur en marche et lui adressa un clin d'œil.

— Merde, alors : *Liberté, liberté chérie !...*

14

L'oberst Kapler piaffait d'impatience. Après le tir français, l'ordre était venu d'attendre pour poursuivre la marche en avant. Pourtant, les 155 G.P.F. détruits, plus grand-chose ne pouvait freiner son avance vers le pont.

Un pont !... Prendre un pont disputé par deux armées, du point de vue d'une carrière militaire, c'est un haut fait, apprécié comme tel par la hiérarchie.

Il se détendit légèrement, suivant du regard les dernières croix de bois qu'on fichait en terre, les casques posés sur les tertres, le drapeau à croix gammée étalé sur le sol et retenu par quelques pierres marquant ainsi l'emplacement du cimetière provisoire où gisaient trente-quatre de ses soldats.

Des camarades des morts disposaient quelques fleurs pendant que des chars repoussaient sur les bas-côtés de la route les épaves de camions et de panzers incendiés.

L'oberst s'impatienta de nouveau lorsque le leutnant Bamberg, la tête inclinée, dit quelques mots.

— Charabia en latin ! murmura-t-il à l'adresse du hauptmann Hipper.

Celui-ci approuva aussitôt :

— Des singeries, herr oberst !

Kapler songea que ce Hipper, décidément, était un homme de bonne compagnie puis il regarda sa montre : la remise en ordre de bataille du kampfgruppe Kapler allait pouvoir commencer en attendant de recevoir l'ordre d'attaquer.

☆

— S'il a emmené l'autre petite salope polonaise, c'est qu'il va revenir ! lança Haudrusse, pharmacien et premier adjoint.

— Pas nécessairement, observa Gollety, avocat et conseiller municipal, qui ajouta : Imaginons... un écrivain, c'est toujours intéressant, c'est Paris, les grands restaurants, la gloire, est-ce que je sais ?... Peut-être l'aime-t-elle en se pâmant d'admiration, peut-être se dit-elle que c'est un beau parti mais, dans les deux cas, elle se doute bien qu'il ne s'établira jamais à Chessy-sur-Loire...

— On n'en veut pas à Chessy, de ce salaud ! coupa Haudrusse.

Ignorant l'interruption, Gollety reprit :

— Pourquoi ne pas foncer vers le sud avec son grand homme ? Ils ont un bon véhicule, cette espèce de camion chenillé avec lequel ils peuvent passer partout. Et puis n'oubliez pas qu'elle n'avait pas l'air très liée à son mari.

— C'est pas une femme, ça, c'est une putain ! coupa Haudrusse.

Gollety lui jeta un regard plus désolé qu'énervé et poursuivit :

— Rien ne la retient. Alors si elle ne revient pas ?

Haudrusse sursauta, comme si la perspective de ne plus revoir Mme Thorn lui était insupportable. Puis :

— Elle reviendra à cause de sa maison. Elle va juste en campagne pour une partie de jambes en l'air avec son vieux dégueulasse.

—Vieux dégueulasse qui a votre âge, cher ami ! remarqua Gollety.

Labarthe, entrepreneur de pompes funèbres et maire de la commune, claqua ses fortes mains :

— Messieurs, voyons !... Tout cela est beaucoup plus simple : ou ce type, l'écrivain, est parti vers le sud en emmenant Mme Thorn, et les autres s'en apercevront vite, ou bien il revient et nous l'interceptons. C'est facile à comprendre : ceux du pont savent qu'ils peuvent prendre place dans l'engin à chenille et sa remorque et ça leur donne de l'assurance. Comment est-ce que je pourrais vous expliquer cela ? Eh bien pour eux, la route du sud est ouverte en permanence. Sans leur engin, il ne reste que la petite Simca 5 où ils tiendront à peine à trois. Pour les autres, ça veut dire marche à pied avec les Boches pour les pousser au cul. Or s'ils savent qu'il ne reste que la marche à pied, m'est avis qu'ils n'auront plus du tout le cœur à défendre le pont. Cela signifie...

Il demeura un instant rêveur.

Gollety prit le relais :

— Si elle n'a pas eu à combattre, la nouvelle autorité, l'autorité allemande, sera sans doute bien disposée envers la population et les représentants de Chessy-sur-Loire. À quoi s'ajoute le fait qu'en l'absence de combats, nos maisons seront préservées.

Le maire, qui roulait une cigarette en écoutant l'avocat, passa un rapide coup de langue sur le papier gommé puis se leva.

— À sept, avec les fusils de chasse, ça devrait suffire pour arrêter l'écrivain s'il revient à Chessy. Après, on balancera son engin dans la Loire et les autres décamperont du pont.

Haudrusse protesta :

— Hé ! nous ne sommes que trois. Vous parlez de sept. Et les quatre autres ?…

— La société de chasse. Il reste des dizaines d'hommes, à Chessy.

Ils se levèrent et gagnèrent la porte. Haudrusse arrêta un instant Gollety.

— Si elle revient, il faudra punir sévèrement la petite salope.

— Vous parlez de Mme Sylvie Thorn ?

— Évidemment ! répondit le pharmacien qui ajouta : On pourrait toujours la mettre à poil et lui donner de ce qu'elle aime ?

— Mais encore, Haudrusse ?

— Dame, elle est vorace du cul, entre hommes, on sait comment ça se calme ce genre de fièvre, pas vrai ?

Révulsé par l'air lubrique d'Haudrusse, indigné à l'idée que ce type répugnant ait pu imaginer qu'il se joindrait à un viol, Gollety toisa le pharmacien de la tête aux pieds.

— Vous ferez ça très bien, Haudrusse. Surtout à plusieurs.

☆

Deux mètres vingt de large, un mètre cinquante de profondeur : les blindés allemands ne franchiraient pas le fossé antichar. En outre, songea le colonel, le fait d'avoir entassé la terre plusieurs mètres en arrière fournissait un rempart des plus efficaces : rien de mieux que des tonnes de terre pour avaler les balles allemandes. Restait enfin le piège : les bermes avaient été creusées elles aussi, mais la terre évacuée sur le remblai central et les fosses recouvertes de branchages. Malheur aux véhicules dont les chauffeurs croiraient feinter en empruntant les bas-côtés de la route.

À sa droite, le commandant Ninsgern alluma un voltigeur sans en proposer au colonel qu'il savait difficile sur le choix du tabac. Le commandant observa le ciel bleu et se sentit bien. Il aurait aimé se retrouver à Metz, où il était en garnison dix ans plus tôt, alors que la guerre semblait impossible. Metz, et ce petit café où il avait l'habitude, l'été, de boire un Vittel fraise… Il soupira et concentra son attention sur la défense installée derrière la barrière de terre : deux mitrailleuses Saint-Étienne 1907, un fusil-mitrailleur 24-29 et un mortier de 81 redoutable pour l'infanterie. Une dizaine d'hommes pour servir ce matériel derrière l'obstacle de terre, une centaine déployés dans la forêt de part et d'autre de la route. Les Allemands auraient une désagréable surprise : le colonel avait bien ficelé la défense.

Valadon, lui, semblait soucieux. Il attendait le message radio du capitaine Rollet qui avait dépêché un sergent pour reconnaître l'artillerie après le bombardement… Mais il n'entretenait guère d'espoir. S'ils n'avaient pas été détruits, les 155 G.P.F. cracheraient leurs obus en ce moment même.

« Pauvre armée française ! » se dit-il. Il pensait à « ses » Sénégalais, mais aussi à tous ces jeunes gens, et à ceux qui l'étaient beaucoup moins : pour lever une impressionnante armée française de presque six millions d'hommes, on avait été jusqu'à rappeler les vieux briscards de soixante ans et plus.

« Pauvre pays ! », et cette pensée-là découlait de la première. Un pays étrange, tout de même. Avec le Front populaire, on avait annoncé le bolchevisme pour le lendemain matin… avant de finir avec Daladier ! Un pays un peu théâtral, où l'on se faisait peur comme des gosses dans une cour d'école mais où, de Maurras à Thorez, on avait soigneusement évité la guerre civile. Et là, force était de reconnaître qu'en refusant l'intervention en Espagne, Léon Blum avait écarté le pire.

Le pire… Évité ce qui semblait le pire… Était-ce vraiment de bonne politique ? songea le colonel qui avait applaudi aux accords de Munich. Il pensait toujours qu'un roi eût arrondi les angles car n'étant pas élu, n'ayant nul besoin de recourir à une quelconque démagogie électorale, sans doute eût-il été l'arbitre idéal, écouté et unificateur.

D'un autre côté, seul avec lui-même, il devait admettre que le système républicain produisait des hommes remarquables, ceux sortis de ses grandes écoles, sa classe ouvrière, sa paysannerie, ses artistes…

Il se demanda ce qui revenait au système, et ce qui relevait des particularités de ce pays. Impossible de répondre à cette question mais il n'empêche : on accourait de toute l'Europe pour devenir français ou alors pourquoi, au début de cette guerre, plus de cent mille étrangers s'étaient-ils engagés dans l'armée française ?

Parmi les raisons confuses qui poussaient le colonel Valadon à résister, il identifia celle-ci : on ne pouvait pas décevoir tous ces gens qui avaient fait confiance à la France et tous ceux pour qui, à travers le monde, elle demeurait un pays exceptionnel.

En cela, et même si leur ardeur à résister aux armées allemandes se valait, le colonel Valadon différait profondément d'avec Henri Dragance. Le monarchiste luttait pour l'honneur de la France, le socialiste avait engagé un duel à mort avec le fascisme ; le colonel privilégiait le patriotisme, le sergent-chef pensait d'abord à la dignité de la personne humaine. Mais, en ce 17 juin 1940, ces profondes différences ne semblaient pas de mise et les fosses communes accueillaient tous les morts.

— Beau dispositif ! commenta le commandant Ninsgern qui déambulait toujours avec sa cravache sous le bras dans le but d'être immédiatement perçu comme officier d'active.

— Il en aurait fallu de semblables tous les trois kilomètres, les Boches seraient encore dans les forêts des Ardennes et à la frontière belge ! répondit le colonel en tentant de dissimuler son amertume.

Le commandant Ninsgern se haussa légèrement sur la pointe de ses bottes impeccablement cirées, compensant, pensait-il, sa petite taille : lui, c'est l'honneur de l'armée, et rien d'autre qui, dans cette guerre, le préoccupait. Il s'éclaircit la gorge :

— Nous n'avons pas eu la baraka !

Le colonel Valadon réprima un sourire : il s'agissait bien de « baraka » !... D'autres mots lui venaient : incompétence, impréparation, multiples erreurs du commandement, inaptitude à assimiler les nouvelles règles de la guerre...

Il répondit un peu sèchement :

— C'est en effet le moins que l'on puisse dire !

Surgissant sans qu'on l'ait entendu venir, comme à son habitude, le sergent Toko Samboura se présenta et salua réglementairement les deux officiers :

— Mon colonel, je viens vous informer que le tirailleur Diatta a tué un sanglier.

— Nous n'avons rien entendu ! s'étonna Ninsgern.

— Il l'a tué à l'arme blanche, mon commandant. Un bien rude combat.

— J'imagine, j'imagine ! répondit le commandant, vexé.

— Eh bien, sergent ? demanda le colonel.

— Mon colonel, pour ce soir, nous souhaiterions l'accommoder à la sénégalaise avec les dernières herbes qu'il nous reste et nous pensions vous inviter, ainsi que le commandant.

— C'est très gentil à vous, Samboura. C'est entendu. En espérant que, ce soir, nous serons encore en vie.

— Nous ne voulons pas mourir un lundi, mon colonel.

Surpris, Ninsgern questionna :

— Et pourquoi ?... Pourquoi pas précisément un lundi ?

Samboura regarda Ninsgern sans masquer une légère ironie.

— Parmi tant de belles choses, mon commandant, vous nous avez appris l'hygiène alors nous voulons mourir propres.

— Quel rapport ? demanda Ninsgern.

— En France, mon commandant, le lundi est le jour de la lessive.

Valadon, pas dupe, ébaucha un léger sourire.

— C'est bien, sergent.

Samboura salua et s'éloigna.

Ninsgern, mal à l'aise, demanda :

— Mon colonel, vous ne le trouvez pas un brin insolent, ce Samboura ?

— Insolent ?... Au contraire, c'est un garçon tout à fait remarquable. Absolument remarquable !

15

On devinait que la lourde pièce d'A.L.V.F., peut-être un canon de 400 mm, avait effectivement stationné sur les rails. Ne restaient cependant que les reliefs d'une position : matériel hors d'usage, barre à mine faussée, boîtes de conserve, papiers, cendres encore chaudes... Mais la mise à mort des deux 155 G.P.F. convainquit sans doute les artilleurs de se replier sans tarder, sans même tenter de détruire le pont de Chessy-sur-Loire, leur tir risquant de révéler leur présence et d'attirer les Stukas.

— Ils sont partis, n'est-ce pas ? demanda Sylvie.

Dragance hocha la tête.

— Oui. Sans tambours ni trompettes. C'est égal, c'est un peu dégueulasse... Pour partir comme ça, ils avaient une locomotive sous pression. Ils pouvaient donc détruire le pont, saboter la pièce et se tirer des pattes en poussant les feux de la loco. C'est vraiment pas chic !... Dans cette guerre, on en apprend tous les jours.

— Et le pont ?

— Le pont, c'est foutu.

— Vous allez tous quitter Chessy, alors ?

Il réfléchit un instant, puis :

— Partir comme ça... passer pour des types qui crânent et se tirer... recommencer ailleurs, être de nouveau trahis par l'artillerie, ou le génie, ou l'aviation...

Il la regarda dans les yeux.

— J'en ai marre, Sylvie. Marre de me sauver devant ces types-là. Je les ai connus à la sauce franquiste, maintenant c'est la sauce nazie et, au sud, la sauce Mussolini... Je me suis juré de tenir. Aucun chien au monde n'accepterait un os de ma part si je manquais à ma parole.

La voyant inquiète, il lui sourit et ajouta :

— J'aime pas leurs sales gueules. Je suis antifasciste parce que je suis anti-faces tristes.

Elle sourit, il poursuivit :

— Et puis le Sud, pour moi, ce serait vraiment trop facile. J'ai quelque chose, là-bas.

Elle lui jeta un regard flamboyant.

— Quelque chose ou quelqu'un ?

La jalousie de Sylvie fut douce au cœur du sergent-chef en cela qu'elle le faisait exister. Exister, en ce moment, alors que, partout, le néant gagnait du terrain.

Il lui sourit.

— Quelque chose. Une maison de pêcheurs au bord de la mer dans un petit coin au nom charmant : Le Lavandou. Je pensais... Une fois qu'on aurait fait sauter le pont, n'est-ce pas, je comptais te proposer de venir y vivre avec moi.

Elle le regarda d'un air tellement tendre mais désolé qu'il mesura la cruauté de ses paroles. Pourquoi lui dire une telle chose après avoir affiché sa volonté de résister sur le pont ? Certes, il comptait vraiment agir ainsi mais pourquoi donner pour reprendre aussitôt ? Et n'avait-il pas rêvé comme un gamin en pensant que tout serait si facile ?... L'artillerie française détruisant le pont, les défenseurs se repliant dans le Lorraine et la Simca 5 en emportant Sylvie, le cessez-le-feu ou un armistice qui les surprendraient à Tours, Poitiers ou plus loin encore, l'arrivée au Lavandou avec cette femme ravissante.

Là, on l'aurait reçu. Là, il était aimé et attendu. Parce que, depuis l'achat de cette maison en 1932, il jouait à la pétanque avec les autochtones et payait une tournée de pastis plus souvent qu'à son tour, qu'il s'était occupé de ceux qui montaient à Paris, leur trouvant travail et logement, parce qu'on voyait sa photo dans les journaux et qu'il ne se prenait pas pour autant au sérieux.

Au Lavandou, il se serait démobilisé sans demander l'accord de l'autorité militaire et, entre les bras tendres et amoureux de sa belle Polonaise, aurait cherché un moyen de poursuivre la lutte.

Tout cela n'était plus possible, ou fort improbable.

—Viens, veux-tu ?... Il faut rentrer.

Ils retournèrent au Lorraine et, pendant les premiers kilomètres, Dragance ne prononça pas une parole, conduisant d'un air têtu, renfermé, hostile peut-être.

Il fallut un certain courage à la jeune femme pour rompre le silence :

—Tu es fâché ?

— Oui, très. Contre moi. Moi et ma grande gueule. Je n'aurais jamais dû te dire tout cela.

— Tu as tort, Henri. Tu l'as pensé. Un moment, tu as pensé que j'étais digne de partager ta vie : si tu savais comme je suis heureuse !

Il stoppa brusquement l'engin chenillé.

— Mais enfin... Ne dis pas ça !... Ne te contente pas de si peu !... Au reste, qu'ai-je à t'offrir ?... Ma vie est sur la pente descendante...

— Je t'aime.

— Je suis un pauvre type. J'ai l'air, je fais illusion, comme ça, mais même l'amour, j'y entrave que dalle... Pardon, je voulais dire que c'est très problématique, n'est-ce pas.

— Je t'aime.

— Avec la politique, j'ai compromis ma carrière d'écrivain. Une faute rare, vraiment réservée aux imbéciles. Et je n'ai pas d'excuses : non seulement je le savais mais je ne le regrette pas !

— Je t'aime !

— J'ai été lieutenant en 1917, capitaine en Espagne et je suis aujourd'hui sergent-chef. Encore deux guerres et je finirai deuxième classe dans la garde pontificale.

— Je t'aime.

— Tu as trente-cinq ans et moi cinquante-deux. J'ai honte de t'offrir... ça !

— Je t'aime !

Il ôta son képi.

— Regarde, je perds mes cheveux, c'est indéniable et c'est affreux.

— Je t'aime !

— Et les dents, hein ? Il m'en manque. Ça ne se voit pas parce que c'est tout au fond mais il m'en manque et c'est répugnant. J'ai regardé ce matin dans un miroir de poche... Quel con d'avoir été si négligent !

— Je t'aime.

— Mais enfin, depuis ma blessure et tous ces mois à l'hôpital, je n'ai plus ma souplesse d'avant, je manque de souffle, je…

— Je t'aime !

— Ah ! c'est comme ça ?… Eh bien, apprends que je suis loin d'être toujours aussi… « capable » que la nuit dernière.

— Je t'aime !

— J'ai eu une maîtresse chinoise et on faisait des trucs vraiment pas ordinaires, tous les deux !

— Je t'aime !

— Je fume deux paquets de gauloises par jour !

— Je t'aime !

— Quand le spleen est le plus fort, arrivant de je ne sais où, il m'arrive de me saouler vraiment à mort. Au gin, comme les Noirs de Harlem.

— Je t'aime !

— Je suis un vieux célibataire maniaque qui se sert de l'humour pour cacher qu'il est dépressif, complètement passéiste, effaré par ce qu'ils appellent le progrès.

— Je t'aime !

Se sentant coincé, il lança à tout hasard :

— Au zoo de Vincennes, j'ai violé un ours polaire !

Ils se regardèrent et éclatèrent de rire puis il l'attira contre son épaule et caressa ses longs cheveux blonds.

— J'ai envie de toi, jolie gamine !

Elle se détacha de lui et le regarda dans les yeux.

— J'attendais tellement que tu me dises ça !

Il remit le Lorraine en marche et, roulant plus doucement, commença à inspecter les fermes. L'une d'elles l'attira et il engagea le véhicule chenillé dans le chemin qui y conduisait.

La porte était fermée. Des meuglements déchirants provenaient de l'étable. Ils s'y rendirent et virent une vache attachée, le pis gonflé.

— La pauvre ! dit-il.

Il regarda autour de lui, saisit un tabouret et un seau puis s'installa près de la vache. Stupéfaite, Sylvie regardait le sergent-chef qui caressait le pis puis commençait à traire, ses doigts habiles semblant de connivence avec les souples trayons.

— Tu sais même traire une vache…, dit-elle.

Il lui adressa un clin d'œil canaille.

— Un écrivain, ça doit savoir presque tout faire, ne serait-ce que pour pouvoir en parler : traire une vache, construire une maison, démonter et remonter une arme les yeux fermés, coudre, tirer au canon, réparer un moteur, faire le ménage… et essayer de rendre heureuse une adorable jeune femme. Tu vois ce que je veux dire, mon petit poussin ?

Elle hocha la tête en souriant puis observa comme il caressait le pis à intervalles réguliers et, désignant la vache :

— Elle ne peut pas le dire mais moi, si. Tu as les mains très douces.

— C'est à force de les laisser courir sur le papier.

Son travail achevé, Dragance libéra la vache.

— Liberté, liberté chérie, nom de Dieu !… Ah mais !…

Puis il regarda Sylvie sans chercher à dissimuler son désir.

— Viens.

La serrure ne résista pas à la baïonnette du sergent-chef et, bientôt, ils inspectèrent la maison inconnue.

Ils choisirent une chambre obscure qui sentait un peu moins le renfermé que les deux autres. Cependant, on distinguait des traces de moisissures sur le papier peint. Il ôta sa lourde capote militaire qu'il lança sur une table.

— Tu vois, c'est aussi ça, la guerre. On rentre chez des gens, on fait l'amour et, lorsqu'ils reviendront, ils ne se douteront de rien.

La petite robe d'été tomba aux pieds de Sylvie et Dragance demeura pétrifié par la beauté de la jeune femme.

Chose rare, il ne sut trop que dire si ce n'est :

— Le lit n'est pas très grand.

— Toi tu l'es, mon amour !

Il s'efforça au calme mais comment le rester lorsqu'une jeune femme nue et superbe vous fait face et qu'il vous faut vous défaire d'un uniforme : képi, vareuse, chemise, bretelles, pantalon, saloperies de bandes molletières si difficiles à enrouler et qui se défont aux pires moments, lourds brodequins qui prennent l'eau l'hiver et racornissent l'été…

Enfin, nu, il la rejoignit au lit et seul, autour du poignet, son bracelet métallique portant son numéro militaire d'identification rappelait qu'il se trouvait aux armées.

Ils échangèrent de longs et profonds baisers puis Dragance enfouit son visage dans les cheveux blonds, embrassa les paupières de la jeune femme, son cou, sa nuque. Il s'arrêta longuement à la poitrine puis, comme pris d'un remords, remonta légèrement pour déposer de nombreux baisers sous les aisselles. Enfin, il embrassa passionnément le sexe de Sylvie et ne se vécut jamais aussi heureux et libre que lorsque les cuisses de la jeune femme emprisonnèrent sa tête.

Des Messerschmitt passant en rase-mottes les surprirent un instant. Instants certes fugaces mais qui ramenaient de l'extérieur la guerre, la mort en maraude, ce bonheur d'exister en l'autre qu'ils savaient tellement menacé.

Dragance pénétra la jeune femme avec douceur.

☆

— Tu as beaucoup parlé avec des femmes ?

— Chaque fois que c'était possible, je crois.

— J'ai tellement envie de te parler mais j'ai peur d'être... très ordinaire.

Ils étaient allongés et se tenaient la main. Dragance fumait et, fidèle à une habitude acquise lorsqu'il était petit garçon, il cherchait dans les dessins du papier peint des figures cachées, des motifs secrets, des paysages tourmentés.

— Pourquoi « ordinaire » ? demanda-t-il.

— Parce que c'est ainsi, je suis une femme ordinaire.

Il se redressa légèrement, écrasa sa gauloise et, observant la jeune femme avec tendresse :

— Quelle bêtise !... Voyons, les femmes ordinaires, ça n'existe pas. Ce qui fait qu'elles se perçoivent comme telles, c'est qu'il a manqué sur elles une certaine qualité de regard.

Elle s'assit à califourchon sur lui et il tressaillit lorsque son sexe entra en contact avec celui de Sylvie.

Elle passa un doigt léger sur les lèvres du sous-officier.

— Mais pourquoi es-tu si gentil ?... Tu n'as même pas besoin d'être gentil puisque je t'aime. Et puis les gens célèbres, d'habitude, ça n'est jamais gentil, n'est-ce pas ?

— Les gens célèbres, on s'en fout. Il n'y a que des gens qui s'aiment, dans cette chambre. Au reste, je ne suis pas si gentil que ça, hein !

— Pourquoi ?

— Je suis un voleur.

Il tendit le bras et, difficilement, parvint à saisir sa vareuse. Il fouilla dans une poche et en sortit la petite culotte de soie de la jeune femme.

— Voilà, je te l'ai volée et je ne te la rendrai pas.

Il songea : « J'aimerais tant être enterré avec cette petite chose si féminine. Emmener un peu de toi et, au-delà, un peu de toutes les femmes dans l'éternité, dans ce grand vide noir sans âme et sans plus d'émotions. »

Il se contraignit à sourire et poursuivit :

— Je ne te la rendrai pas car, si nous vivons ensemble au Lavandou, tu ne mettras plus de petite culotte. Pour trois raisons : j'ai trop besoin de voir ton corps, il fait trop chaud et la mer est si proche !

— Henri, ne me fais pas rêver.

— Petite chérie, les rêves éveillés, c'est pour les pauvres gens malheureux. Nous, en cet instant, nous avons tout.

— Oui, tout !... dit-elle dans un souffle tandis que, bougeant légèrement les hanches et s'aidant d'une petite main nerveuse, elle saisit le sexe de Dragance qui la pénétra.

L'écrivain lui sourit et lui chuchota :

— Kleptomane !... Adorable voleuse !... C'est comme ça que tu fais, hein ? Et allez donc !...

16

La barricade fleurait bon l'amateurisme des gens étrangers au monde de la guerre ou à celui de la révolution. Une charrette de foin, quelques tonneaux, une table, un tracteur…

Labarthe, le maire, était entouré d'Haudrusse, Gollety et de quatre hommes d'un certain âge. Tous tenaient des fusils de chasse à la main.

— Reviendra pas ! lança le pharmacien Haudrusse.

— On s'est donné encore une heure ! rappela l'avocat Gollety.

Le maire ne souhaitait pas se mêler à la conversation. L'homme était taciturne et le commerce des morts, dans tous les sens du terme, ne risquait pas de le rendre loquace.

Au reste, sa qualité de croque-mort qui le faisait passer pour l'ambassadeur de la camarde auprès des franges les plus naïves de la population n'incitait guère les habitants du bourg à lui adresser trop souvent la parole, étant entendu qu'à tout cela se mêlaient d'étranges superstitions.

Un des « auxiliaires » d'un certain âge bougonna :

— M'ôtera pas de l'idée que désarmer un sergent de l'armée française en temps de guerre et balancer son véhicule militaire dans la Loire, c'est point des choses qui se font.

—Ta gueule. Ici, on se bat pour la défense de la propriété privée. Ton sergent, on s'en fout.

Celui qui venait de parler, un certain Lucien Bradet, était arrivé un peu plus tôt de la région de la Brenne. Employé chez un sucrier dur aux petites gens et habitué à voir magistrats et gendarmes ramper à ses pieds, il avait, de son triste patron, adopté le système de pensée.

Le renaudeur, peu impressionné, persista :

— Ça nous portera malheur de toucher à un soldat qui se bat pour nous autres et pour la France.

L'esclave docile au patronat se cabra :

— Arrête de dire des conneries. Des soldats, il y en a plusieurs millions. Un de plus, un de moins, ça changera rien à la guerre et celui-là, il nous gêne. Et puisqu'il nous gêne, je vais le crever. J'y ai mis mes économies, moi, dans ma maison.

— Ça, c'est parler ! lança Haudrusse.

Bradet hocha la tête de contentement. L'approbation enthousiaste d'Haudrusse, premier adjoint et pharmacien du bourg, ce n'était pas rien.

Haudrusse poursuivit :

— Il est excité par cette petite salope polonaise. Elle le tient par la queue, c'est certain.

Gollety, agacé par ces manières peu subtiles, questionna :

—Vous parlez bien de Mme Thorn, une femme d'officier ?

— Un pauvre cocu. Pendant qu'il fait la guerre, elle passe son temps les jambes en l'air.

Gollety, amateur de football, entrevit l'occasion de marquer un but :

— Il est cocu, la belle affaire !… Malheureusement, vous n'êtes pas l'heureux amant. Il vous manque… Voyons ?

Théâtralement, l'avocat se prit le menton au creux de la main, regarda le ciel d'un bleu très pur et poursuivit :

— L'auréole de la gloire. Le négligé très étudié de cet écrivain qui a dû côtoyer du beau monde mais ne semble pas en faire tout un plat. L'idée que son nom va rester quelque temps… Il vous manque tout cela. Et en trop, eh bien, vous avez la pharmacie.

— Quoi, la pharmacie ? questionna Haudrusse, agressif.

— Cher ami, comprenez-moi : c'est très bien, une pharmacie. Et d'excellent rapport. Mais il semble hélas qu'une officine de pharmacien ne fasse pas rêver votre Polonaise.

— Ce n'est pas ma Polonaise.

— Devrais-je dire : hélas ?

Haudrusse, hors de lui, perdit toute prudence :

— Tout à l'heure, ce sera « ma » Polonaise. Et celle de tous ceux qui en voudront.

Un petit sourire agaçant flottait sur les lèvres de Gollety. Bradet hocha la tête avec conviction, le maire regarda ailleurs.

☆

Voyant surgir de la ligne d'horizon des chasseurs Messerschmitt, Dragance tourna vivement à droite, écrasant de jeunes arbres et évitant les plus épais.

Secoués, ils s'accrochèrent. Dragance freina son engin et fit immédiatement descendre Sylvie. Il la serra contre lui tandis qu'un chasseur allemand, soupçonneux, refaisait un passage. Puis celui-là aussi s'éloigna et le couple regagna le Lorraine.

Fouillant derrière le siège, Dragance sortit son casque dont il coiffa amoureusement la jeune femme.

— Et toi ? protesta-t-elle.

— J'ai mon képi, voyons.

— Mais ça ne protège pas, un képi !

— Un képi de sous-off ? Mais ça a abrité tellement de connerie que ça fait comme une croûte en alliage. Il n'y a rien de mieux qu'un képi de sous-off français, ça vaut tous les casques.

Il serra la jugulaire du casque de la jeune femme et recula de quelques pas pour mieux la contempler.

— Oh ! ma blondinette, ma mignonne Polonaise !... Tu es le plus joli soldat que j'aie jamais vu en trois guerres !

Il réfléchit un instant et sortit son revolver de son étui.

— Regarde, il est en dotation dans l'armée française. C'est un Orbea d'Eibar, une copie du Smith & Wesson. Ça s'appelle un revolver et ça tire du 8 mm Lebel... c'est assez mortel, tu sais !... Si j'appuie là, je bascule le barillet et je vérifie qu'il est correctement chargé. Après, tu relèves le chien et tu tires. Essaye !

La séance de tir dura dix bonnes minutes et Sylvie, très vite, se montra assez adroite.

Satisfait, Dragance rechargea l'arme avec ses toutes dernières cartouches et ils retournèrent au Lorraine.

Très occupé, le sergent-chef conduisait en regardant la route, en surveillant le ciel d'où pouvaient à tout instant surgir les chasseurs de la Luftwaffe et parvenait à jeter de brefs coups d'œil à sa compagne visiblement contrariée.

— Eh bien ? finit-il par demander.

Elle tourna vers lui un visage tourmenté.

— Henri, il faut que je te parle mais je n'y arrive absolument pas.

Il l'observa un instant et s'en convainquit sans peine.

Comme ils traversaient un village, Dragance stoppa le Lorraine devant un café-tabac-épicerie. Il observa la petite terrasse, les chaises et les guéridons puis, d'une voix joyeuse :

— J'ai une idée.

La porte du café était bien entendu fermée. Cette fois, il ne s'embarrassa pas de précautions et, saisissant un guéridon, il le jeta à mi-hauteur de la porte vitrée qui s'effondra. Aussitôt, il fut à l'intérieur et revint bientôt les bras chargés de paquets de gauloises.

— Pour les copains ! dit-il à Sylvie comme en s'excusant avant de jeter sa prise dans le plateau du Lorraine.

Il fit deux autres voyages, ramenant boîtes de sardines, pâtes alimentaires, bouteilles de vin et de cognac.

Au quatrième voyage, il posa sur un guéridon deux petits verres à pied et une bouteille de vermouth blanc en disant :

— Viens t'asseoir, blondinette. C'est notre première terrasse de café et j'ignore s'il y en aura d'autres.

Cette phrase la bouleversa et chassa l'étrange impression précédente, celle de son grand amour, son écrivain si sensible devenu brutal, le visage dur, cassant et pillant comme un soudard sans états d'âme.

Il devina ses pensées.

— C'est normal. On ne nous fournit plus rien, ni à bouffer, ni à boire, ni tabac, et on attend de nous qu'on donne nos vies.

Il jeta un regard sans tendresse en direction des trois maisons qui faisaient face au café-tabac-épicerie. Il imaginait, derrière les volets clos, bien des regards, et pas des plus tendres. Il retourna au Lorraine, saisit son mousqueton, le posa à portée de main sur le guéridon et s'assit en face de Sylvie.

— Est-ce qu'il t'arrive de boire, ma chérie ?

— Presque jamais.

Il remplit les deux verres de vermouth.

— Lève ton verre… Voilà, on trinque…

Il prit un air stupide et demanda :

— Heu, trinquer à quoi ?… À qui ?… À Paul Reynaud ?… Au généralissime Weygand ?…

Elle sourit.

— À notre amour !

— À notre amour !

Elle trempa ses lèvres. Il insista pour qu'elle finisse le verre et en servit un autre dont elle but la moitié.

Il lui prit la main et la porta à ses lèvres.

— Alors ?…

— Je me sens légère.

— Donc tu peux me parler, maintenant. Qu'est-ce qu'il y a : tu ne m'aimes déjà plus ?

— Je t'aimerai toute ma vie !

Il adora son regard flamboyant et la façon dont elle baissa la tête. Elle réfléchit, but une nouvelle gorgée de vermouth puis lui dit :

— Je savais bien que je n'aurais pas le courage de te parler alors, ce matin, je t'ai écrit.

Elle fouilla son sac et en sortit une lettre qu'elle tendit à Dragance. Celui-ci l'ouvrit sans quitter la jeune femme des yeux puis il lut :

Mon amour,

Je n'ai pas ton talent et cette facilité à trouver le mot juste au bon instant. Mais je sais que je ne me suis jamais sentie aussi heureuse que cette nuit, heureuse d'être une femme et de me trouver dans tes bras. Je me dis que je t'aime trop et que c'est sans limites… Tu es un magicien. Je t'aime, je t'admire, je te respecte, j'ai sans cesse envie de te sentir en moi, de me donner, que tu me prennes. Je t'espérais depuis si longtemps sachant que je suis si petite, si peu de chose. Il faut me pardonner ma franchise, c'est la première fois que je suis amoureuse. Avec toi, la vie devient féerique. Je m'abandonne et je n'ai plus peur. Parfois, tu dis des bêtises sur toi-même : tu es beau, Henri, si merveilleusement beau. Mon bonheur me fait peur. Notre rencontre a tout balayé : mariage, réputation… Avec toi je me sens belle. Si tu savais, pour moi, ces instants rares : la douceur de tes baisers, de tes caresses, l'odeur de ta peau, croiser ton regard, t'écouter toi qui es si grand, si brillant, et moi si peu instruite.

Chaque minute, j'ai peur que tu m'oublies. Je hais ce qui pourrait te détourner de moi, je déteste tes lecteurs, et surtout tes lectrices, mais je les aime aussi puisqu'ils te sont attachés. J'aime même les femmes qui doivent te désirer, comme si nous partagions quelque chose. Tu es l'homme de ma vie, Henri, le seul que j'aurai jamais. Je ne veux pas t'embarrasser, je veux que tu te sentes libre : de toute façon, tu resteras toujours en moi comme cette nuit. Pourquoi est-ce que personne, jamais, ne m'a parlé et regardé comme toi ? Je suis heureuse et j'ai peur de tout. J'ai peur de la guerre, peur pour toi, les milliers de dangers que tu as traversés, ceux à venir, j'ai peur pour ta vie si précieuse, peur de cette grande solitude intérieure que tu as choisie, je le devine, depuis si longtemps. Même si tu me quittais, je te resterais toujours fidèle : on peut donc vivre toute sa vie en si peu d'heures, je ne l'ignore plus. Je ne veux pas entendre parler de raison ou de devoir et je me fiche (pas tout à fait) de tout ce que j'ignore sur ton passé. Après ton départ, j'ai relu ton dernier et si bref roman : Le Belvédère des Anges *et cela m'a bouleversée. Tu es exceptionnel, mon amour, et j'aime ta façon de percevoir les gens et les choses. Tu es doux, délicat, tendre, attentif et puis comme un orage brutal, il y a en toi cette grande violence. Henri, j'ai besoin de tes mains sur moi, de tes baisers, de tes caresses. J'aime l'homme et l'écrivain, vous êtes d'irrésistibles jumeaux. Jamais je n'avais imaginé que c'était cela, un homme : si fort et si vulnérable, un géant et un petit bébé… Avec mon odieux époux, je rêvais en secret de liberté et d'indépendance alors que je ne souhaite que t'appartenir, te suivre sur un signe. Je t'ai aimé dès notre premier regard, lorsque tu t'es levé de table en laissant tes camarades. Oh ! ce regard tout de velours avec une petite lueur sauvage ! Et ton sourire mi-homme du monde, mi-voyou de bals mal famés : j'en avais mal à la poitrine tellement j'étais bouleversée. Et si tu savais lorsque tu m'as prise dans tes bras… Tu n'as jamais mis les pieds chez moi et pourtant tu es partout. Alors je tourne, je te désire et j'ai peur : que toi tu puisses m'aimer, c'est tellement improbable que je suis effrayée en songeant qu'il ne peut s'agir que d'un malentendu. Je te vois partout parce que je te cherche. Je ne pense qu'à toi. Henri, tu m'as ensorcelée. C'est fabuleux d'aimer si fort l'homme le plus merveilleux de la terre !... Quel rêve d'être ainsi séduite, K.-O. comme un boxeur. Je voudrais tant te donner ce que j'ai de meilleur ! Je voudrais tant que ce pont s'écroule dans la Loire pour que tu t'en ailles le plus loin possible, vivant... Même si tu ne m'emmènes pas.*

Je t'aime.

SYLVIE.

Le sergent-chef Henri Dragance, tête baissée, garda très longtemps le silence, tirant de longues bouffées de sa gauloise.

Enfin il leva sur la jeune femme un regard lumineux de tendresse et cependant comme voilé de tristesse :

— Je ne te mérite pas, Sylvie. De cela, je suis certain. Mais si je survis à cette guerre, tu seras ma femme.

17

Il vit le barrage, bloqua les chenilles et entreprit une marche arrière d'une centaine de mètres. Puis il coiffa Sylvie de son casque, lui remit son revolver et l'obligea à baisser la tête.

Dragance avait parfaitement deviné les raisons de ce barrage, et ceux qui se trouvaient derrière.

Il fit rugir le puissant moteur et fonça droit devant.

Il avait immédiatement repéré le point faible, la table et les tonneaux.

Le Lorraine défonça l'obstacle comme en se jouant, essuya quelques coups de fusil mais, à la surprise du maire et des siens, il revint en marche arrière, repassa le barrage et, le mousqueton à la main, Dragance attendit sans bouger de son siège de conducteur.

Un à un, le maire et ses hommes passèrent le barrage sans lâcher leurs fusils dont, cependant, ils braquèrent les canons vers le sol.

On s'observait.

Puis Dragance et sa compagne descendirent du véhicule chenillé.

Et Haudrusse crut mourir. Sans lui jeter un regard, Sylvie descendait de son côté. Les hauts de caisse du Lorraine, surélevés, obligeaient la jeune femme à lever les jambes presque à hauteur de la tête pour sortir de la cabine. Les cheveux blonds dépassant du casque militaire, la robe légère, les longues et très belles jambes crucifièrent Haudrusse... mais bien moins que cette vision fugitive : elle ne portait pas de culotte.

Il se sentit provoqué. Quelque chose avait déraillé. C'est avec lui qu'elle devait aller dans les champs pour jeter sa culotte aux orties, s'allonger sur son ordre et lever les jambes pendant qu'il lui ferait l'amour. Il l'avait imaginée des milliers de fois. Cela et d'autres visions, beaucoup plus crues.

La colère le prenait tout entier. Pour lui, le barrage se réduisait à cela : cette femme dont il était fou, cette toison entraperçue qu'elle lui montrait. À lui. Lui personnellement. Elle l'appelait sans oser le dire, il fallait qu'il aille de l'avant. Oubliant tout, laissant tomber son fusil sur le sol, il s'approcha et, sans qu'on puisse l'arrêter, releva la robe de Sylvie jusqu'à la poitrine de la jeune femme, puis la fit pivoter brutalement pour voir ses fesses.

Tous les hommes restèrent muets de stupeur quelques secondes puis Sylvie se dégagea vivement et, d'un revers, détendit le bras. Haudrusse reçut en plein visage le canon du revolver que tenait la jeune femme et entrevit l'expression de son regard animé d'une flamboyante colère.

Dragance, qui tenait Haudrusse en joue avec son mousqueton, s'approcha et, d'une voix sifflante :

— Toi, mon salaud, je vais m'occuper de toi et tu vas regretter ça.

Puis, reculant de quelques pas, il braqua le canon de son mousqueton sur chacun des hommes :

— Lâchez vos flingots !

Et, comme les hommes hésitaient, il tira deux balles au-dessus de leurs têtes.

Les fusils furent jetés sur le sol.

Dragance s'approcha du maire.

— Toi, le chahuteur de macchabées[1], tu vas faire ton travail. Et fissa !

La Simca 5 arrivait à grande vitesse. Alertés par les coups de feu au barrage, le capitaine Rollet, Chevtenchenko et Alamichel bondirent de la voiture, armes à la main.

Dragance leur adressa un clin d'œil.

— Vous ne le croirez pas : ils voulaient nous descendre !

Côté « insurgés », on n'en menait pas large. Puis, sur un signe de Rollet, le passage à tabac commença, systématique, bref et violent, les militaires frappant à coups de crosse. Des dents se brisèrent, un nez fut cassé... Sylvie se détourna. C'était une affaire d'hommes. Ceux-là avaient sans doute transgressé quelque secrète loi de la guerre, ou sous-estimé la solidarité des combattants.

Puis ce fut le silence. La jeune femme se retourna. Aucun des sept hommes n'avait été oublié. Visages gonflés, ecchymoses, coquards, sang...

Le plus furieux semblait le capitaine Rollet qui, postillonnant d'importance, s'était planté devant le maire.

— Espèce de fumier !... Sale charogne !... Comment peut-on être aussi abject ?...

---

1. Croque-mort (argot).

Alamichel n'entendait pas modérer son supérieur et, d'un ton ironique :

— Mais c'est que ça nous tirerait dans le dos, ces honnêtes gens-là !

Le silence tomba lorsque tous virent Dragance ôter son ceinturon et son képi qu'il tendit à Chevtenchenko. Puis il se dirigea vers Haudrusse. Il y avait quelque chose de fascinant dans la manière dont le sergent-chef marchait vers le pharmacien en le regardant fixement, droit dans les yeux. Rien ni personne n'aurait pu l'arrêter en cet instant.

Dragance gifla le pharmacien.

— À la loyale. Défends-toi.

Il envoya une seconde gifle.

— Défends-toi, violeur, je te lâcherai pas avant.

Gollcty, qui portait un énorme coquard, lança :

— Défendez-vous, mon vieux, et qu'on en finisse.

Le pharmacien lança une droite mais, bien plus rapide, Dragance contra du gauche, cueillant son adversaire au menton. Ce fut cependant insuffisant. Dragance s'essoufflait vite, il devint donc très précis : un une-deux au foie, un uppercut à la racine du nez. Haudrusse s'effondra en geignant.

Alamichel applaudit et compta jusqu'à dix avant de crier :

— Out !... Victoire du sergent sur le pharmacien par K.-O. au premier round !

Chevtenchenko releva le pharmacien en lui soufflant cruellement :

— Dans ta boutique, t'as tout ce qu'il faut pour te soigner, ma vieille !

Le capitaine s'approcha de Dragance.

— Beau style. T'as pratiqué la boxe ?

— Dans une autre vie. J'ai plus de souffle et plus grand-chose dans les poings. Ce que c'est con, de vieillir !

Désarmé, Rollet lui envoya une tape affectueuse.

— C'était bien quand même.

Puis, regardant les « insurgés » :

— Qu'est-ce qu'on fait d'eux ?

Ramené au réel, le sergent-chef n'hésita pas et, s'adressant au maire :

—Toi et tes bonshommes, vous démontez votre barricade à la con. Cela fait, vous vous munissez de pelles et de pioches : à quelques kilomètres d'ici, il y a des tombes à creuser pour des artilleurs, ou ce qu'il en reste. Conformément aux lois de la guerre, si l'un de vous se débine, sa baraque sera incendiée. Exécution !

Le maire et les siens, au petit trot, allèrent chercher pelles et pioches tandis que Dragance s'approchait de ses compagnons.

— Nicolas, tu conduis le Lorraine. Les connards prennent place sur le plateau. Toi, Alamichel, tu t'assieds sur le toit de la cabine, face à eux, dos tourné à la route. Le premier qui fait le con, tu le tires mais attention, uniquement aux jambes. Une fois là-bas, faites creuser des tombes individuelles. Mais tout ça fissa, hein ?

Chevtenchenko hocha la tête.

— D'accord. Mais on aurait dû emmener Marchal, il vient juste de finir sa propre tombe. C'est devenu un spécialiste, en quelque sorte.

Dragance indiqua sur la carte l'emplacement de la batterie de 155 G.P.F. marquée au crayon gras d'une croix rouge.

Puis, s'adressant à Rollet :

— Tu peux envoyer le message radio au colonel du R.T.S. Je crois que tu as compris, hein : « 155 G.P.F. nettoyés, A.L.V.F. partie vers d'autres cieux sans dire *auf Wiedersehen.* »

— Les salauds !

— Je sais.

— Et le pont ?

Dragance croisa le regard de Sylvie.

— Il faut réfléchir.

Il hésita, puis :

— Il y a d'autres nouvelles ?

Le capitaine Rollet soupira.

— Pas des meilleures, comme d'habitude... La Norvège a capitulé. Et il semble que les Boches passent la Loire partout.

Dragance, agacé par le manque de précisions, demanda d'un ton soudain agressif :

— Partout quoi ?... Partout où ?...

— À Nevers, à La Charité-sur-Loire... Mais c'est pas officiel. En tout cas, si c'est vrai, en ce moment même on est débordés.

— Et au pont ? demanda Dragance.

— Rien. Grand silence inquiétant. L'atmosphère est lourde. Des mômes sont venus nous injurier, sans doute encouragés par les parents. Les conneries habituelles : « l'armée Ladoumègue[1] »... Tu vois le genre ?

— Rien de bien nouveau.

Les deux hommes se regardèrent puis le capitaine questionna :

---

1. Ladoumègue, célèbre coureur à pied des années trente.

— C'est dur, les 155 ?

— La géhenne !... La géhenne, mon vieux !... Des lambeaux de viande jusque dans les arbres, des membres sectionnés, un 155 retourné et un autre tordu. Mais là aussi, rien de bien nouveau.

Rollet hocha la tête puis, désignant la Simca 5 :

— Je te ramène au pont ?

— Non, j'irai à pied.

Il adressa un petit signe à Sylvie qui vint le rejoindre.

— Elle ne peut pas rester au bourg avec ces types-là dans les parages. On va l'installer dans une des maisons vides près du pont.

Rollet sourit à Sylvie.

— Charmante recrue !

Dragance fit mine de s'emporter.

— Holà, tout beau, messire : elle est exclusivement sous mes ordres.

Rollet regarda Dragance avec bienveillance.

— Crois-le ou pas, mais ça me fait rudement plaisir.

Il se dirigea vers la Simca 5 qui prit la direction du pont tandis qu'au pas de course le maire et les siens chargés de pelles et de pioches rejoignaient le Lorraine sur lequel Alamichel les fit grimper en ne ménageant pas les coups de pied au derrière.

Dragance et Sylvie furent presque étonnés de se retrouver seuls au milieu de la rue si agitée peu auparavant.

— Je suis désolé pour ce que t'a fait subir ce porc.

Elle baissa les yeux.

— Tu aurais vu ce regard de... de...

— De violeur, je sais.

— Oui.

Il lui sourit.

— En revanche, j'ai eu droit dans les narines à son souffle méphitique. Ce type doit être complètement pourri. C'est pourtant pas les médicaments qui lui manquent.

Il la regarda gravement.

— Tu as entendu ce que j'ai dit à Rollet… Je te propose de passer chez toi faire une valise. Si tu me promets de ne pas y rester quand les Chleuhs arriveront, on pourrait s'installer dans une des maisons près du pont.

— Rien que nous deux ?

— Et qui d'autre ?… Pétain ?…

— Ne dis pas de bêtises !

18

Ils étaient huit, sans armes, sans casques ni ceinturons. Des fuyards, voire des déserteurs.

Prudents comme des loups.

— Acré[1] ! lança Lengrand depuis le fortin, mais seulement après qu'il se fut dissimulé pour laisser passer les huit hommes.

On les avait repérés de loin. Des malins connaissant le pays ou sachant parfaitement lire une carte. Échappant aux Allemands, se glissant entre la ligne de défense du R.T.S. du colonel Valadon, passant à travers la forêt sans se perdre, ils s'étaient approchés avec méfiance de ce pont sans défenseurs.

Malheureusement pour eux, le capitaine Rollet disposait d'excellentes jumelles et savait reconnaître les écussons régimentaires.

Se dressant tels des diables, Faye et Marchal semblèrent surgir des rives de la Loire. Faye mit aussitôt un genou à terre et Marchal posa le canon du F.M. sur l'épaule de son camarade, ce qui garantissait un tir gagnant en précision.

---

1. Attention ! (argot).

D'un pas tranquille, Lengrand arriva sur les arrières des déserteurs, mousqueton braqué, tandis que Rollet et Dragance, revolver au poing, leur barraient le passage.

— J'arrive pas à y croire !... lança le capitaine Rollet.

S'adressant à l'officier qui portait encore son képi, Dragance, un mauvais sourire aux lèvres, questionna :

— Où tu vas si vite, papa ?

Lengrand, réalisant à son tour, cria à Faye et Marchal :

— Des prévôts, les gars !... Des putains de prévôts !...

Les huit gendarmes, très inquiets, levèrent les mains lorsque Dragance leur en fit signe du canon de son arme.

À cet instant, les doigts dans la bouche, Lengrand siffla les gendarmes, imité par Faye puis par Marchal. Des sifflements longs, stridents, inquiétants... Une pierre, lancée par Lengrand, vola vers les hommes aux mains levées. Faye et Marchal ramassèrent des pierres à leur tour. Deux autres pierres furent lancées, dix... Une lapidation froide, sans un cri, haineuse...

Le capitaine et le sergent-chef durent reculer pour ne pas être blessés.

Côté prévôté, les mains à demi levées, on tentait de se tourner, de se protéger le visage sous la pluie de caillasses. Le sang giclait, un homme tomba.

Dragance vida son barillet en l'air et la lapidation s'acheva brutalement. Il s'avança vers l'officier en rechargeant son arme.

— Je t'ai demandé : où tu vas si vite, papa ?

Malgré les circonstances, l'officier, qui saignait de la bouche, n'avait rien perdu de son arrogance. Il désigna le capitaine Rollet :

— Je ne parlerai qu'à ton officier !

D'un geste d'une grande violence, Dragance balaya le képi qui roula dans la poussière et, d'une voix menaçante :

—T'es plus rien. T'es plus capitaine. Pas même un simple gendarme. Je te vire de la gendarmerie et je te mute séance tenante dans une compagnie hors rang qui s'occupe des poubelles. Alors tu me réponds, soldat, parce que moi, je suis sergent-chef : d'où viens-tu et où vas-tu ?

— Mort aux vaches ! hurla Lengrand.

Le capitaine de gendarmerie, après un regard à Rollet, comprit qu'il ne recevrait aucune aide de ce côté-là et s'exécuta.

— Orléans. On se replie, comme tout le monde, puisque les Fritz ont pris la ville.

— Attends voir, bonhomme : c'est bien toi et tes pareils qui arrêtiez les déserteurs ou simplement ceux qui quittaient le secteur du front. C'est toi et tes semblables qui, en 1917, pourvoyiez les pelotons d'exécution après avoir désarmé les mutins. C'est toi et les tiens qui vous teniez toujours derrière, qui ne combattiez jamais mais pourchassiez les malheureux qui en avaient marre de la riflette. Et maintenant, tu décides comme ça que tu fous le camp, sans combattre ?

Deux gendarmes avaient ramassé celui des leurs qui s'était effondré.

— Qu'est-ce que vous allez faire de nous ? demanda anxieusement l'officier.

— On les fusille, là, tout de suite, contre le mur ! dit Lengrand.

Le caporal Faye et Marchal semblaient moins déterminés mais ils hochèrent la tête en signe d'approbation.

Dragance sentit le léger coup de coude de Rollet. Lui non plus ne souhaitait pas en arriver à pareille extrémité bien qu'il détestât ces chiens de garde de l'arrière.

Dragance soupira :

— Vous, vous faites souvent preuve d'une dureté dont notre humanité se désole. Nous, nous voyons les choses autrement.

Légèrement rassuré, l'officier de gendarmerie attendit la suite mais Dragance la réservait aux trois soldats qu'il espérait calmer :

— Voilà ce que je propose, les gars : on les fait foutre à poil et on les renvoie d'où ils viennent.

La proposition fut acceptée sur-le-champ et les gendarmes, nus, repassèrent le pont au petit trot sous les quolibets des défenseurs.

Sylvie arriva peu après, sortant de la seconde maison où elle s'était installée.

Dragance l'accueillit en souriant :

— Tu as vu ?

— Tout. Et j'ai tout entendu. Tu as eu raison, il ne fallait pas les tuer.

— Les Chleuhs vont tout de même faire une drôle de gueule lorsqu'ils tomberont sur cette bande de gendarmes à poil.

— Henri !... Tu crois qu'ils vont être capturés ?

— Je plaisantais. Bien sûr que non. Ils vont se débrouiller. Ce sont des gendarmes, après tout.

☆

Dragance avait étalé un mouchoir à carreaux maculé de graisse sur la table et, armé d'une vieille brosse à dents et d'un chiffon huileux, il nettoyait son revolver lorsque la radio rediffusa le message de Pétain appelant à cesser le combat. Il observa un instant Sylvie, assise à ses côtés, et qui le regardait faire mais il ne fit aucun commentaire sur l'allocution du maréchal, se contentant de jeter rageusement la gauloise qu'il venait d'allumer.

Le capitaine Rollet, qui venait de réécouter attentivement Pétain, vint s'asseoir auprès du couple.

— Je ne sais plus trop quoi penser ! dit-il.

Sans lever les yeux de son travail, Dragance répondit :

— Eh bien moi, je sais. Primo, un galonné quel qu'il soit à la tête de l'État, c'est pas dans mes idées et ça devrait pas non plus être dans les tiennes, Maurice. Secundo, ce qu'il dit manque de clarté et c'est toute l'armée qui va cafouiller. Tertio, faudra continuer à se battre tant que ces salauds de nazis n'auront pas été envoyés dans leurs mines de sel.

Rollet réfléchit un instant, puis :

— Tu n'as pas tort, Henri, mais c'est une position de principe. Les circonstances, vois-tu…

Dragance l'interrompit :

— Parlons-en, des circonstances !… Si nous en sommes là, c'est la faute des Gamelin, des Weygand, de tous ces généraux à la con, les copains de Pétain.

— Mais le maréchal, tout de même…

Dragance suspendit son geste, le chiffon huileux toujours à la main.

— Ton maréchal, il a été ambassadeur de France auprès de Franco. Tu te l'es pas appuyée, toi, la guerre d'Espagne ?…

Eh bien, moi, oui ! Les ambassadeurs, on les choisit pas au hasard. Franco et lui, c'était l'admiration réciproque au-dessus des charniers !

— D'accord, mais Pétain, c'est pas que ça. Tu penses sûrement autre chose, enfin, voyons ?

Dragance, justement, et sans trop savoir pourquoi, pensa à une chanson très à la mode en 1937 : *Il a mal aux reins... Tintin !* Certes, aucun rapport, sauf pour le sergent-chef qui rétorqua :

— Pétain, ce que j'en pense, hein ? C'est ce que tu veux ?...

— Oui.

— En combien de coups ?

Rollet remarqua la petite fossette de l'écrivain. Il sut que la réponse ne serait pas sérieuse, mais c'était sans doute préférable.

— En une fois.

— Entendu. Alors écoute :

Dragance, reprenant son astiquage, chanta en souriant :

J'ai un voisin qui s'appelle Pétain
le pauv' garçon il n'a pas d'veine,
figurez-vous que depuis trois semaines
de douleurs, il est atteint,
ce n'est pas dans l'cou, ni au bras
non c'est pire que ça !
il a mal aux reins Pétain, aux reins Pétain, aux reins Pétain
il en est maussade,
ça le rend malade,
quand il veut s'lever l'matin, s'lever l'matin, s'lever l'matin,

il a mal où ça, l'coquin ?
aux reins, Pétain !
À présent que sa p'tite femme lui dit :
« Pétain, j'ai besoin de tendresse,
je voudrais goûter aux folles ivresses,
emmène-moi au paradis »
le pauvre garçon il voudrait bien,
... mais y a pas moyen !
il a mal aux reins Pétain, aux reins Pétain, aux reins Pétain
il en est maussade,
ça le rend malade,
quand il veut s'lever l'matin, s'lever l'matin, s'lever l'matin,
il a mal où ça, l'coquin ?
aux reins, Pétain !

Rollet, Sylvie, Faye, Marchal et Lengrand, ces derniers attirés par cette chanson populaire, reprirent le refrain en chœur et en riant.

Des rires qui se figèrent lorsque, prenant de grands risques à une vitesse folle, deux chasseurs Messerschmitt passant en rase-mottes arrosèrent toute la rue à la mitrailleuse.

Quand ils eurent disparu, chacun se releva, à l'exception du caporal Faye, la poitrine déchiquetée.

Dragance se baissa et, par acquit de conscience, prit le pouls du caporal. Puis il se releva :

— C'est fini.

Il y eut un silence puis Marchal proposa :

— J'lui donne ma tombe, au caporal.

Phrase surréaliste : Dragance se demanda dans quel monde de fous il se trouvait. Mais il modéra sa réponse :

— C'est gentil à toi, Marchal.

— Bah, c'était un bon copain, quand même. J'm'en creuserai bien une autre, de tombe !

— On te donnera même un coup de main.

— Ah non ! sergent : c'est personnel, une tombe.

En moins de deux minutes, de grosses mouches bourdonnaient déjà autour du corps de Faye. Dragance saisit le caporal aux épaules, Marchal aux pieds, et ils se dirigèrent vers la tombe ouverte.

Pendant ce temps, Rollet, Sylvie et Lengrand jetaient des seaux d'eau sur la flaque qui vira au rosâtre et se dilua avant de s'écouler dans le caniveau de la grande rue de Chessy-sur-Loire.

Chevtenchenko et Alamichel revinrent peu après, ayant abandonné le maire et les siens dans le cimetière provisoire, une fois le travail achevé. Les deux soldats avaient échappé de justesse aux Messerschmitt. Avertis aussitôt après leur arrivée de la mort de Faye, ils baissèrent la tête.

Bien qu'il fût encore un peu tôt, on déplaça la table d'une dizaine de mètres, par respect pour Faye, et on servit le Pernod avec l'eau glacée du puits.

La conversation tourna un moment autour du disparu puis Marchal s'excusa :

— Bon, ben j'vais creuser ma nouvelle tombe. J'la ferai un peu plus large, Faye, il coinçait aux épaules.

Cela jeta un froid. On n'était plus très sûrs que les tombes que creusait Marchal ne serviraient pas à un autre.

S'apercevant de la gêne, le soldat Marchal précisa d'un ton rassurant :

— Et puis de toutes les façons, hein, vaut mieux avoir une tombe d'avance qu'une de retard.

Ce qui n'arrangea guère la situation.

Chacun se montrait aimable et respectueux envers Sylvie.

L'agression dont elle avait été victime de la part d'Haudrusse, et dont Alamichel avait rapporté les circonstances très en détails — hors de la présence de Sylvie et Dragance —, créait chez les hommes un sentiment trouble.

Certains s'en accommodaient, d'autres, tels Chevtenchenko, vivaient la chose avec un sentiment de culpabilité. La violence de la guerre, le bruit de la canonnade, le sang du caporal Faye dans le caniveau, tout s'alliait pour donner un relief sauvagement sensuel aux paroles simplement vulgaires d'Alamichel : « Si ces foutus anges avaient une chatte, elle serait comme ça, aussi mignonne ! Et ses petites fesses rondes, ce petit valseur ondulant, ah ! les gars, j'ai cru en crever tellement c'était beau ! »

Mais pour les soldats, la situation était plus compliquée. Ils observaient les gestes de Sylvie, et par exemple cette façon si féminine de redresser une mèche de ses cheveux blonds, mais elle était en même temps intouchable. À cause du sergent-chef, de son prestige et de sa violence, mais plus encore parce que la jeune femme rappelait aux hommes des souvenirs tendres, des perspectives de retrouvailles, si bien que sa présence fut finalement perçue comme un adoucissement de la tension régnant autour du pont.

— Mon capitaine, je peux jeter un coup d'œil de temps en temps sur l'émetteur-récepteur E.R. 17 ? J'en connais à peu près le fonctionnement.

Sylvie nota que Dragance, qui tutoyait le capitaine en privé, avait un évident ascendant sur lui. Il commandait *réellement* la position autour du pont mais manifestait devant les hommes un certain respect des formes de la discipline. Elle le trouva habile et généreux.

— Très volontiers, sergent ! répondit Rollet.

— Par exemple, je pourrais appeler l'aviation. Si j'ai un peu de pot, je toucherai une base, où je serai relayé. Parce que, maintenant, il n'y a plus que l'aviation qui puisse bousiller le « foutu pont ».

Jusqu'ici, le capitaine Rollet n'avait raisonné qu'à partir des 155 G.P.F. et de la pièce d'A.L.V.F. La perspective qu'offrait Dragance lui sembla lumineuse.

— Excellente idée !... Il serait même souhaitable que vous appeliez en permanence. Voyons... ça ne désorganiserait rien dans notre défense, il me semble ?

Dragance perçut le discret appel à l'aide :

— Rien par rapport aux dispositions dont vous m'avez entretenu tout à l'heure, mon capitaine.

Cette conversation n'avait jamais eu lieu. La mort de Faye, le départ de Mathet et Ruschetti, la destruction de la batterie de 155 G.P.F., le départ des artilleurs de l'A.L.V.F. : les choses changeaient très vite.

Conversation introuvable, donc. Rollet le savait, et Dragance, et Sylvie. Chevtenchenko s'en doutait. Il s'agissait simplement d'un petit exercice de voltige verbale de Dragance à l'usage des soldats, et du respect dû à Rollet.

Le sergent-chef reprit l'initiative :

— Le capitaine m'a fait part de ses choix concernant la défense. Pour le canon, rien de changé, c'est l'affaire de Chevtenchenko et la mienne. Pour le F.M. en batterie sur la rive, c'est le seul boulot, à part les sépultures, que Marchal connaisse à la perfection.

Il y eut quelques sourires. Dragance reprit :

— Reste la mitrailleuse du fortin. Alamichel, tu t'en ressens ?

— J'ai une vague idée de son fonctionnement, mais ça ne suffira pas en cas d'attaque des Boches.

— Lengrand ?

— J'ai tiré une fois, aux manœuvres.

Le capitaine leva son verre.

— Alors la mitrailleuse, c'est de mon ressort. Lengrand m'assistera. Alamichel se placera en appoint derrière la barricade.

Dragance secoua négativement la tête.

— N'est-ce pas trop faible, mon capitaine ? Je suggère autre chose. Maintenant que nous n'espérons plus aucun renfort, il faut boucher la chicane. Profitons-en pour avancer la pièce antichar de sorte qu'elle soit incluse dans la barricade. Nous serons à trente mètres du pont : de quoi foudroyer les chars chleuhs, surtout avec la grande vitesse initiale de la pièce.

Rollet, dépassé, acquiesça :

— Excellente idée, sergent. Nous avons tout vu ?

— Le pognon ! lança Chevtenchenko d'une voix grave.

— Oui, eh bien ? questionna le capitaine.

— Concernant le pognon, mon capitaine, j'ai une idée. Peut-être qu'ici on s'en sortira pas et qu'on crèvera tous. Peut-être que quelques-uns parviendront à décrocher si, comme on dit dans ces cas-là, la situation devient désespérée et la place indéfendable. Alors l'idée, c'est de mettre le sac rempli de talbins dans la Simca 5 et de placer l'automobile à une centaine de mètres d'ici. Une petite course à pied et, pour ce qui concerne les Boches, t'as le bonjour d'Alfred !... Merde, alors, on va quand même pas leur laisser le carbure, du bon pognon français. Non ?

Tous approuvèrent Chevtenchenko, y compris Rollet qui ajouta :

— Et une fois recollé à la zone des armées, l'argent sera remis à un trésorier-payeur.

Chevtenchenko l'observa comme si le capitaine venait de se transformer sous ses yeux en gargouille de Notre-Dame.

— Vous plaisantez, mon capitaine ?

— Plaisanter ?... Mais comment cela, Chevtenchenko ?...

Le Russe regarda Dragance qui, d'un battement de paupières, l'encouragea à persister.

Chevtenchenko reprit :

— C'est insensé. Si je ne vous en avais pas parlé, il est sûr et certain que ce pognon tombait aux mains des Boches. Si nous n'avions pas arrêté ce fumier de colonel trésorier-payeur aux armées, il aurait claqué le carbure avec des putains. Alors c'est simple : primo, le colonel est passé ici avec l'argent et nous ne l'avons pas intercepté. Secundo, les Boches l'ont sans doute abattu et ont fait main basse sur le magot. Ce qui veut dire, mon capitaine, que même si nous n'avons pas fait ça pour ça, cet argent n'existe plus... Il est parti en fumée... Il est donc juste que les survivants de notre sympathique petit groupe en profitent.

Alamichel jeta lourdement son mousqueton sur la table et, d'un ton menaçant :

— Qui dit le contraire ?

Le capitaine baissa les yeux et Dragance rattrapa la situation in extremis :

— Curieux, hein, mon capitaine ?... C'est précisément l'hypothèse que vous envisagiez tout à l'heure.

L'atmosphère se détendit d'un coup et on versa une nouvelle tournée de Pernod.

19

— *Aufstehen*[1] *!... Abmarschieren*[2] *!... Einsteigen*[3] *!...*

Pressée de tous côtés par des sous-officiers aboyant leurs ordres, la troupe fut bientôt à bord des chars, automitrailleuses et camions. Les regards se tournèrent vers Kapler qui meugla :

— *Vorwärts*[4] *!*

Il accompagna cet ordre du geste de sa main gantée se levant et descendant, poing fermé. Un geste qu'il affectionnait.

La colonne motorisée s'ébranla lourdement et, pendant les premiers kilomètres, elle ne rencontra aucune opposition. Les civils, assez rares, s'écartaient rapidement et les véhicules de Kapler avançaient entre deux haies d'automobiles pillées et jetées dans les fossés, capots en avant.

Conformément à l'usage dans les colonnes blindées allemandes, l'avant-garde était composée de motocyclistes et

1. Levez-vous !
2. En route !
3. Montez !
4. En avant !

d'automitrailleuses. Derrière venaient l'infanterie portée et les chars.

L'oberst, en compagnie du hauptmann Hipper, suivait en queue de colonne à bord d'une grosse Horch décapotable.

La première difficulté survint à un carrefour en apparence vide.

Dans la position du tireur couché, la poignée de Sénégalais placée à cet endroit pour détourner les civils ouvrit un feu précis sur les premiers Allemands. Plusieurs motocyclistes et les occupants d'un side-car furent tués ou blessés.

Aussitôt, les automitrailleuses se portèrent en avant mais, à l'exception de l'un d'eux qui s'effondra, les tireurs gagnèrent l'abri de la forêt en quelques rapides foulées.

Déjà rendus furieux par la perte de plusieurs d'entre eux, les Allemands laissèrent libre cours à une bruyante colère lorsqu'ils découvrirent que le tireur abattu appartenait aux troupes sénégalaises — certains n'hésitant pas à bourrer le cadavre de coups de pied.

La rumeur gagna toute la colonne et, bientôt, l'oberst Kapler se porta en avant, son chauffeur actionnant sans répit le klaxon de la Horch.

Arrivé sur place, Kapler observa très longuement le cadavre, affichant très ostensiblement une moue de dégoût. Puis, montant sur une automitrailleuse, il harangua ses troupes :

— Soldats du Reich, nous avons devant nous les Africains que la France dégénérée a mis à son service. Souvenez-vous de l'occupation du sol de la patrie par ces nègres qui violaient collectivement les femmes allemandes, leur coupaient les seins et se promenaient en portant autour du cou des colliers d'oreilles allemandes. Pensez à vos mères, vos femmes et vos sœurs !

Une clameur d'approbation parcourut la troupe. Satisfait, l'oberst reprit :

— Une note du haut commandement circule, stipulant que les soldats coloniaux français doivent être traités sans aucune bienveillance mais au contraire avec la plus extrême rigueur. Il est établi que des soldats allemands blessés ont été mutilés de façon bestiale par ces primitifs.

Il marqua un temps et martela :

— À traiter avec la plus extrême rigueur !

Il descendit de l'automitrailleuse et donna le signal du départ.

La colonne se remit en route mais on sentait les hommes électrisés, pressés d'en découdre.

Hipper se pencha vers Kapler :

— Discours magnifique, herr oberst.

Kapler ne jugea pas nécessaire de répondre, trop occupé à soutenir le regard réprobateur du leutnant Bamberg, aumônier du kampfgruppe.

☆

Casqué, le colonel Valadon se tenait avec quelques hommes derrière le remblai de terre que précédait le fossé antichar.

Déployé dans la forêt de part et d'autre de la route, légèrement en avant de la position, la centaine de tirailleurs restants attendait sous les ordres du commandant Ninsgern.

Les motocyclistes, ne voyant que le mur de terre, songèrent aussitôt à un passage en force par les bermes et accélérèrent.

— Attendez encore ! lança Valadon.

Les automitrailleuses, après un léger flottement, accélérèrent elles aussi.

— Feu ! hurla Valadon.

Les deux mitrailleuses Saint-Étienne, le fusil-mitrailleur et le mortier de 81 entrèrent aussitôt en action.

Le feu fut très intense, surtout du côté français, les soldats sénégalais ayant pour eux un calme et un professionnalisme qui faisaient défaut aux troupes allemandes, rendues sans doute trop sûres d'elles par une longue série de victoires lors de leurs rencontres avec l'armée française.

En outre, les mitrailleurs sénégalais installés derrière des Saint-Étienne visaient soigneusement les gros pneus des automitrailleuses.

Les pneus, éclatant alors que les engins roulaient à une certaine vitesse, rendaient le contrôle des véhicules blindés impossible et deux automitrailleuses, quittant la route, heurtèrent les arbres qu'elles percutèrent avec une grande violence. Dès qu'ils ouvraient la trappe d'évacuation pour sortir l'arme à la main, les Allemands recevaient des grenades lancées depuis la forêt. Éclatant à l'intérieur des automitrailleuses où elles faisaient exploser les munitions, les quelques grenades entraînèrent la destruction totale des engins blindés et la mort des équipages.

Abandonnant les cadavres de leurs compatriotes, les Allemands refluèrent.

☆

— Bravo, les enfants !

Le colonel s'en voulut aussitôt. « Enfants », ce n'était pas, ce n'était plus le mot. Certes, la plupart des tirailleurs sénégalais y voyaient un signe d'affection et s'en réjouissaient, mais Valadon redoutait le regard du sergent Toko Samboura.

Le colonel Valadon, quels que fussent ses torts, n'était pas un lâche, aussi le chercha-t-il, ce regard.

Et en effet, il le croisa. Il n'y trouva cependant nulle trace d'ironie mais tout au contraire quelque chose de fraternel qui abolissait les grades, la naissance dans des continents différents, le statut social. Comme si le sergent Samboura suivait pas à pas la rapide évolution du colonel et s'en trouvait touché. Peut-être même y voyait-il matière à espérer : Valadon partait de bien loin, d'autres hommes, un jour, connaîtraient semblable métamorphose.

Valadon reprit :

— Ils vont revenir. Ils enverront leurs chars mais sur ce terrain-là, infranchissable, les chars risquent de tourner sur eux-mêmes. À nous d'en profiter : mines et grenades !

Aussitôt, les Sénégalais se mirent au travail et, une fois encore, Valadon admira leurs remarquables qualités militaires.

☆

L'oberst Kapler ne décolérait pas. Il perdait du monde, beaucoup de monde, davantage que la plupart des unités voisines.

Cela, même un crétin comme son supérieur, le général Schaer, s'en apercevrait. Désagréable, mais contrôlable en jouant l'indignation. Malheureusement, l'information remonterait plus haut, peut-être jusqu'au chef du 14e Panzerkorps, peut-être jusqu'au général von Kleist.

À présent, si l'oberst Kapler voulait absolument prendre ce pont intact, ce n'était plus avec l'espoir d'une promotion.

Il s'agissait simplement de conserver son commandement. Et peut-être ses galons.

— Envoyez les chars ! tonna-t-il.

☆

Les chefs de chars hésitèrent.

Les Français ne s'étaient pas fatigués, puisqu'on voyait les mines posées sur l'étroite route. En revanche, on n'en distinguait pas sur les bermes mais l'herbe de juin, déjà haute, les dissimulait sans doute, ce qui rendait cette voie de pénétration plus dangereuse encore.

Certes, on pouvait entreprendre de détruire les mines avec les mitrailleuses de bord, mais ce serait long et donc dangereux car le silence régnant sur les lieux inquiétait les chefs de chars.

Le capitaine Koelh, commandant le peloton de panzers, résolut le problème autrement :

— Feu sur le remblai !

Heureux de n'avoir pas à s'avancer davantage, les commandants de panzers entreprirent de matraquer les tonnes de terre… que nul ne défendait, Valadon ayant fait évacuer ses hommes.

La cadence de tir s'intensifia lorsque les soldats de Valadon, cachés dans la forêt, attaquèrent les chars à la grenade incendiaire.

Un panzer explosa mais déjà, par radio, le capitaine Koelh ordonnait le repli.

Mis en communication avec Kapler, il se montra laconique et ferme :

— Herr oberst, remblai démantelé. Mines sur la route. Un char perdu avec tout son équipage. Ennemi en embuscade dans la forêt. C'est à présent un problème d'infanterie.

☆

Le colonel Valadon éprouvait quelque peine à freiner son enthousiasme :

— Deuxième attaque repoussée. Soldats, c'est tout simplement magnifique.

Il hésita et, ému, ajouta :

— Vous avoir menés au combat sera une des grandes fiertés de ma vie.

Les tirailleurs, peu habitués à de tels compliments, se regardèrent en souriant.

C'est alors que Valadon ajouta :

— Bien entendu, à présent, ils vont nous envoyer leur infanterie. Il faut se préparer.

20

Le bruit du canon des chars assez proche figea toute activité autour du pont. Un instant, certains se regardèrent, inquiets, puis reprirent leurs occupations.

Cependant, la position se consolidait. Le canon antichar de 25 se confondait avec la barricade. Au-dessus de la pièce, on avait installé des troncs couverts de sacs de sable et seul le canon dépassait, le bouclier de la pièce protégeant les servants.

À présent désœuvrés, les hommes fouillaient les maisons abandonnées. On ramenait des victuailles, des bouteilles, une paire de chandeliers, une bicyclette, un gramophone…

De son côté, Sylvie assise à ses côtés, Dragance se familiarisait avec le poste émetteur-récepteur E.R. 17.

Le colonel du R.T.S. venait de le joindre pour communiquer que deux attaques allemandes avaient été repoussées.

Mais le plus clair de son temps, Dragance le passait à réclamer l'aviation, expliquant à toutes sortes d'interlocuteurs — certains indifférents, voire impolis — que les défenseurs n'avaient pas les moyens de faire sauter le pont de

Chessy-sur-Loire et qu'il risquait de tomber intact entre les mains de l'ennemi.

Rusant, il alla même jusqu'à utiliser le téléphone du bureau de poste pour doubler ses demandes.

Il obtint une promesse d'un officier d'une base aérienne proche de Tours, mais celui-ci ne pourrait rien tenter avant le lendemain matin.

Dehors, Alamichel avait installé son gramophone sur la table et posé un disque : *Les Gars de la marine.* Dragance trouva cette chanson dérisoire et s'interrogea : la voix calme et fatiguée de l'officier de l'armée de l'air l'inquiétait. N'avait-il pas promis pour se débarrasser plus vite d'un interlocuteur pressant ?... Et que valaient les promesses, en ce mois de juin 1940 ?

Il regarda Sylvie.

— Je suis fatigué.

Souriante, elle inclina la tête d'un délicieux petit air interrogateur. Il lui rendit son sourire.

— Non, pas fatigué de ça, pas fatigué de toi... Surtout pas !... Je suis fatigué de cette pagaille, de cette atmosphère de sauve-qui-peut et de chacun pour soi, du parfum de défaite qui colle à la peau de ce pays. Alors le doute me prend moi aussi : se faire buter pour un pont, crois-tu que c'est bête ? Arrêter ces salauds de fascistes à Chessy-sur-Loire, ça tient pas en l'air, c'est des conneries. Et pourtant, il le faut !

Elle se leva.

— Parce qu'il y a nous.

Il se leva à son tour et lui prit les mains en la regardant avec une grande tendresse.

— Oui, il y a nous.

À présent, Alamichel avait posé sur le gramophone un disque de Damia déjà vieux de sept ans : *Nuit et jour.*

Les paroles, dans cette atmosphère de guerre, de mort et de passion foudroyante, précipitèrent les amants l'un contre l'autre tandis que la voix chaude de la chanteuse poursuivait : *« Sans arrêt ce rêve me hante : toi, toi, toi !... Tout le jour, toute la nuit... rien que toi toujours, toujours, j'en suis éblouie. »*

Dragance serrait la jeune femme avec une force où elle devina son désespoir.

D'une voix chaude, sensuelle, qui le submergea de désir, elle lui souffla :

— Ici... maintenant... Henri, je t'en prie !... Je t'en prie !...

☆

La canonnade des chars n'avait pas échappé aux élus et à leurs amis réunis dans l'appartement du pharmacien Haudrusse, situé juste au-dessus de l'officine.

Ils étaient là une dizaine, la mine sinistre, et, pour certains, le visage marqué par les coups. Ils savaient la guerre à leur porte et ne pensaient qu'à leurs maisons et leurs boutiques. Ils se dissociaient déjà complètement de ce pays qui était tout de même le leur, indifférents à la formidable défaite française pourvu que leur confort fût épargné. Peu leur importait l'occupation probable et le fait que leur pays se trouverait ravalé au rang de puissance de seconde importance. Pour eux, l'intérêt public devenait enfantillage, la nation n'existait plus et, dans ce salon aux volets clos, chichement éclairé et meublé avec un navrant conformisme, ils préparaient la France des jours sombres et des matins blêmes où l'on étouffe les libertés publiques en posant dessus un képi de maréchal.

L'avocat Gollety savait tout cela mieux que ses compagnons. Il savait aussi qu'en période d'affrontement, les paroles ne suffisent plus.

Il intervint, jouant de cette voix qu'il modulait à merveille et le servait dans les prétoires.

— Le fils Lieusset les a vus enterrer un des leurs après le passage des avions. Ils ne sont donc plus que six, et c'est bien peu. Nous, nous pourrions être cinquante, et davantage. Ce que nous avons à faire n'appelle pas de longues discussions et, si nous ne voulons pas aller jusque-là, il reste une autre solution.

— Laquelle ? demanda le maire.

— Rentrer chez nous et attendre sans bouger que nos maisons nous tombent sur la tête.

☆

Cette fois, l'oberst Kapler était sûr de son affaire : c'est huit cents fantassins, rien de moins, qu'il allait lancer contre les Sénégalais.

Par la route et les deux côtés de celle-ci, dans la forêt. Sans doute perdrait-il du monde mais il finirait par l'emporter haut la main tout en s'ouvrant la route du pont. Au reste, par l'intermédiaire des officiers et sous-officiers, il avait fait passer le mot à la troupe : il n'était tout simplement pas envisageable que les fantassins allemands puissent être défaits par des nègres.

L'oberst Kapler regarda sa montre puis le ciel. Le soir commençait à tomber. Ce qui n'était bien entendu pas très prudent — mais pouvait surprendre ! — pour une attaque d'infanterie sur un terrain inconnu, en grande partie à travers une forêt et contre des effectifs dont on ne connaissait pas le nombre.

Officiellement…

Il sourit.

Grâce au cadavre du Sénégalais, mais surtout aux papiers trouvés sur lui et au numéro régimentaire sur le col de sa vareuse, il avait identifié le régiment auquel il se trouvait confronté. Quelques coups de téléphone, à quoi s'ajoutait le remarquable travail bureaucratique de la Wehrmacht, lui permirent d'apprendre que ce régiment déjà éprouvé sur l'Oise avait été tronçonné peu auparavant et en grande partie anéanti.

Mieux, selon un rapport de la Luftwaffe, il se heurtait à une force d'environ cent cinquante hommes et plus vraisemblablement une centaine.

Un rapport de huit contre un en faveur de l'extraordinaire fantassin allemand.

Ne mettant pas la victoire en doute, il s'interrogea sur la suite.

Fallait-il ou non prendre le risque d'attaquer le pont de nuit ? L'enlever d'assaut dans la foulée présentait des avantages mais, la nuit, les défenseurs sont beaucoup plus nerveux.

Kapler pensait que ce pont sur la Loire n'était pas miné. Mais rien de concret n'étayait cette croyance.

L'aube. Il faudrait attaquer le pont à l'aube. L'aube où les sentinelles titubent de fatigue et où les certitudes vacillent dans la lueur laiteuse du jour qui pointe.

L'oberst avait placé l'aumônier, le leutnant Bamberg, en première ligne. Avec un peu de chance...

Lui-même participait à l'attaque avec le second échelon.

Satisfait, il donna le signal :

— *Vorwärts !*

☆

Le colonel Valadon et ses hommes, couchés face contre terre, subissaient le feu très nourri des Allemands qui n'avaient pas lésiné sur le nombre de mitrailleuses M.G. 34.

Côté français, les deux mitrailleuses et le F.M. donnaient aussi, mais c'était là bien petites voix perdues dans le grand concert des armes allemandes.

La situation allait devenir intenable et Valadon envisageait le repli lorsque le sergent Toko Samboura rampa jusqu'à lui.

— Il faut charger, mon colonel, sinon, c'est le massacre.

— Charger ? répéta Valadon.

Les feuilles, hachées par les balles, tombaient sur les deux hommes en une pluie fraîche de chlorophylle.

Très maître de lui, Samboura expliqua :

— Nous devons contre-attaquer. Ils lâcheront.

— Contre-attaquer... Charger... Mais avec quoi ?

Samboura lui sourit.

— Nos coupe-coupe.

☆

Ils eurent l'impression de voir s'animer les images de propagande de leur enfance, ces affiches nationalistes qui montraient de grands soldats noirs armés de coupe-coupe, portant autour du cou des chapelets d'oreilles — allemandes ! —, et qui, une Gretchen à demi dévêtue traînée par sa natte blonde, occupaient une partie de leur pays.

Profitant d'une brève accalmie, le sergent Samboura avait lancé à l'assaut la centaine de tirailleurs. Aux Allemands couchés ou accroupis derrière leurs mitrailleuses, les Sénégalais semblaient des géants de plusieurs mètres tandis que le soleil qui perçait le feuillage des arbres accrochait le fil des coupe-coupe haut levés.

Les premiers Allemands qui s'étaient dressés, ébahis et blêmes, eurent droit à une attaque en règle et le spectacle de quelques têtes volant vers les hautes branches mit un point d'orgue à la panique.

Une panique folle, nourrie d'un danger réel mais également de souvenirs d'enfance, d'horribles récits — fabulés ! — d'anciens combattants de 14-18 et d'un certain nombre de fantasmes.

L'infanterie allemande retrouva ses jambes.

Abandonnant les mitrailleuses, jetant leur fusil pour courir plus vite, des centaines d'Allemands, coudes au corps, regagnèrent leurs lignes en hurlant de terreur.

Voyant refluer leur infanterie au grand galop avec une telle expression d'horreur sur le visage, certains chefs de chars, croyant à une résurrection de l'armée française, mirent leurs panzers en marche et retraitèrent vers l'est en poussant les moteurs.

Kapler, livide, parvint à réorganiser une ligne de défense alors que les Sénégalais avaient déjà abandonné la poursuite.

L'oberst, qui venait de vivre une des plus grandes terreurs de sa vie, commençait à boire jusqu'à la lie la plus grande honte de son existence vouée au métier des armes.

Et, dans cet esprit en vérité si peu subtil, sans finesse ni ouverture, si gothiquement nationaliste, si colossalement national-socialiste, une vérité d'évidence se faisait jour : la suprématie de la race blanche mise à mal par « les nègres français » devenait problématique, au moins sur le plan militaire sur lequel, pour Kapler, un homme était vraiment un homme.

Un autre aurait peut-être trouvé là matière à approfondir sa réflexion. Pas Kapler. Sa haine des « soldats français coloniaux » — termes officiels dans la Wehrmacht — devint au contraire implacable.

L'annonce de la mort du leutnant Bamberg, nouvelle qui lui eût été douce peu auparavant, le laissa indifférent.

— Demandez la Luftwaffe ! ordonna-t-il au hauptmann Hipper.

C'était la seconde fois en quelques heures qu'il réclamait l'aide de l'armée de l'air, pourtant détestée, mais, sa troisième attaque venant d'échouer, il n'avait guère le choix.

Il n'ignorait pas qu'en haut lieu son dossier s'alourdissait. Trois attaques ratées, deux sorties de la Luftwaffe, ses troupes qui piétinaient, le récit de panique dont ses supérieurs seraient avisés par un bon camarade officier, cela commençait à peser lourd.

« Quel paradoxe ! » songea-t-il avec amertume. La campagne de France allait permettre à des milliers d'officiers de voir leur carrière faire un bond en avant et lui, précisément lui, risquait au contraire d'être muté à l'arrière, sa carrière brisée.

— Par la faute d'une bande de nègres ! maugréa-t-il.

À présent, seule la prise du pont en parfait état pouvait lui permettre un rétablissement.

Hipper revint, l'air contrarié.

— Herr oberst, la Luftwaffe n'envisage aucune sortie ce soir. Ils se disent très sollicités et rappellent qu'ils nous ont déjà appuyés. Cependant…

— Cependant ?… aboya Kapler au comble de l'impatience.

Hipper se figea.

— Nous pouvons compter sur une intervention demain. Plutôt en fin de matinée. Par mesure de prudence, il nous faudra reculer d'un ou deux kilomètres.

— Qu'ils me nettoient cette forêt. Et tous les rats qui l'infestent !

21

On n'écoutait plus guère la radio, les Allemands contrôlant les postes parisiens mais Dragance, parfaitement bilingue, captait les bulletins d'information de la B.B.C., seule source à laquelle il accordât quelque crédit.

Alamichel et Lengrand, préposés à la cuisine, s'inclinèrent avec mille grâces lorsque Sylvie proposa de préparer le dîner... mais réclama leur aide pour dénicher dans les maisons abandonnées les ingrédients indispensables.

Dragance, qui se tenait à l'écart mais écoutait, sourit en voyant Alamichel et Lengrand promus marmitons.

Sylvie semblait décidée à former ses aides avec pédagogie :

— Cela s'appelle *Welsh rarebits.* C'est simple mais il faut être sérieux. Répétez, monsieur Alamichel.

Alamichel fut interloqué. Entre son service militaire et la guerre, cela faisait longtemps qu'on ne l'avait appelé « Monsieur ».

Il balbutia :

— *Welsh rarebits.*

— C'est très bien !… Bon, regardez : vous voyez les carrés de mie de pain que vous avez coupés avec M. Lengrand : jamais plus d'un centimètre d'épaisseur. Alors nous allons les griller légèrement. Pendant ce temps, vous, monsieur Alamichel…

— Vous pouvez m'appeler Jean, madame.

— Très bien, Jean. Vous, dans la petite casserole, vous versez une cuillerée de bière mais il faut la battre avec une fourchette pour laisser échapper le gaz : je vais vous montrer. Il faut ajouter cent cinquante grammes de gruyère râpé… Normalement, c'est du chester mais, hélas ! on n'en trouve plus.

— Les Rosbifs[1] du B.E.F.[2], ils en avaient. Drôle de fromage ! coupa Lengrand.

— C'est vrai, monsieur Lengrand, mais c'est anglais.

— Appelez-moi Édouard, madame.

— Très bien, Édouard. Alors gruyère ou chester, vous le coupez en petits morceaux et le portez sur un feu doux. Faites-le fondre sans cesser de tourner, éloignez du feu et poivrez. À ce moment-là, Jean, versez dessus les carrés de pain. Il faut une couche d'un centimètre. Portez au gril et laissez gratiner trois à quatre minutes… Nous passons à la suite ?

Dragance fut ému. Touché des efforts des deux rudes soldats pour faire montre de prévenance — mais qui n'en regardaient pas moins avec intérêt le petit derrière tout en rondeur de Sylvie, brusquement agité et désirable tandis qu'elle battait la bière.

1. Les Anglais.
2. British Expeditionary Force (corps expéditionnaire britannique).

Il fut émerveillé par l'attitude de la jeune femme : un peu maternelle pour dissiper toute équivoque, assez sûre d'elle pour se faire respecter et cependant tellement féminine !

Le repas fut servi sur une nappe blanche. Le *Welsh rarebits* surprit fort et séduisit beaucoup. Le poulet Marengo enthousiasma. Le soufflé à la vanille fit pleurer le soldat Marchal qui, oubliant sa tombe et les Croix-de-Feu, pensa à sa maman — aidé peut-être par un chambertin « récupéré » dans la cave du notaire en fuite. Petit vol absous par Lengrand :

— Ce gonze, de toute façon, il s'est barré. C'est un mauvais Français. Aux combattants, le pinard !

Chevtenchenko tourna un joli compliment. Le capitaine Rollet, les joues empourprées par la bonne chère et l'excellent vin, se leva, coiffa son képi d'un air cérémonieux, puis :

— Chère madame, c'est tout à fait étonnant, et même suffocant ! Ah ! vous m'avez bluffé ! Une qualité, un raffinement !...

«N'en jetez plus ! » songea Dragance qui s'amusait. Il fut justement interpellé par le capitaine :

— Ne trouvez-vous pas, sergent ?

— Tout juste potable !... dit-il en feignant une grande lassitude.

— Adorable ! répondit Sylvie en embrassant Dragance sur la bouche, pour le plus grand plaisir de ses camarades... tandis qu'elle lui soufflait à l'oreille : Tu n'es qu'un goujat, Henri Dragance !

— Elle est délicieuse, répondit-il, lui rendant son baiser en murmurant : Nous réglerons cela au lit !

Alamichel était retourné à son gramophone et à ses nombreux disques pillés chez un fervent amateur de nouveautés.

Le canon tonnait devant et derrière eux, comme si le front se trouvait partout. De merveilleuses lueurs rouges illuminaient le ciel. Des hommes mouraient, d'autres s'enfuyaient la peur au ventre. Mais, dans une surréaliste ambiance de 14 juillet, Alamichel posait ses disques sur le gramophone, tournait la manivelle… On entendit *Je sais que vous êtes jolie*, interprété par Jean Sablon, *Catari, Catari*, par Tino Rossi — ce qui fit grincer des dents Chevtenchenko et Dragance —, *Comme tout le monde* par Ray Ventura, *Où est-il donc ?* par Fréhel, *Serait-ce un rêve ?* par Lilian Harvey…

Puis Alamichel installa sur le feutre vert du gramophone le disque contenant la valse *Carnet de bal*.

Aussitôt, Dragance se leva, prit la main de Sylvie et l'entraîna.

Elle dansait la tête sur l'épaule du sergent-chef qui portait le képi incliné, à la voyou. Marchal, serviable, écartait les vareuses des recrues d'Orléans ainsi que celles des prévôts déserteurs et shootait dans les casques afin de dégager un espace pour le couple de danseurs.

— Je me revois au temps du Front populaire ! dit Dragance, rêveur, les yeux fermés.

— Ne me quitte jamais, je t'aime trop fort ! répondit-elle.

— Pourquoi ferais-je une chose pareille ? Il n'y a qu'un nom sur mon carnet de bal : le tien.

— Et moi, il n'y a qu'un homme dans ma vie : toi !

Les autres regardaient le couple qui tournait… Ils tournaient comme pour nier les événements en cours, la manière dont évoluait l'Histoire, la précarité de la vie. Ils tournaient pour conjurer le malheur par la grâce d'une valse.

Lorsque la danse s'acheva, Dragance alla fouiller dans la pile de disques et d'un geste autoritaire en tendit un à Alamichel.

Puis, à l'oreille de Sylvie :

— Sois gentille, ma poulette, danse avec les copains.

Ce fut une exécution tronquée de la très en vogue « danse du tapis ». Dans les bals où hommes et femmes sont assez nombreux, le jeu consiste à déposer le paillasson devant quelqu'un. Ce quelqu'un, ou quelqu'une, est alors dans l'obligation de se mettre à genoux sur le tapis, comme vous-même, et de vous donner un baiser sur chaque joue puis, alors que la farandole continue, de déposer à son tour le paillasson devant quelqu'une, ou quelqu'un. Et ainsi de suite pareillement...

Sylvie déposa « le tapis » devant le capitaine rougissant. Ils s'agenouillèrent face à face et s'embrassèrent. La danse continuait. Le capitaine se releva et, compte tenu de la pénurie de femmes, reposa le tapis devant Sylvie. Ils s'agenouillèrent, s'embrassèrent, puis Sylvie déposa le tapis devant Marchal. Et la danse dura jusqu'à ce que chaque homme ait eu sa double ration de baisers.

Tels des collégiens, on s'amusait beaucoup et les soldats qui pensaient, à juste titre, que la mort moissonnerait à pleins bras dans leurs rangs, profitaient de cette heure exquise, magique et complice. Ils se grisaient du parfum de la jeune femme, de l'odeur de son corps, de ses cheveux blonds qui effleuraient leurs visages. Pour certains d'entre eux, Sylvie devenait universelle, mettait en communion avec la part de féminité qui, depuis toujours, adoucit cette étrange planète.

La nuit était tombée.

Lengrand avait apporté des bougies. Il les ficha dans les goulots des prestigieuses bouteilles de chambertin — les vides ! Des papillons venaient se brûler les ailes aux flammes, comme s'ils ne souhaitaient pas survivre à cette belle nuit de juin 1940, une de ces nuits rares et merveilleuses qui semblent se moquer de savoir si c'est encore le printemps ou déjà l'été. Une de ces nuits tendres et nostalgiques où l'on sait d'intuition que le monde va changer, et qu'il ne sera jamais plus aussi beau, perdant toujours davantage d'innocence et de pureté.

On se regroupa autour de la grande table.

Sollicité, le sergent-chef et écrivain Henri Dragance dut raconter ses voyages. L'Espagne, un voyage mouvementé, l'Italie d'avant les Chemises-Noires, l'Afrique du Nord, les États-Unis, le Brésil, l'Argentine... Il conta les paquebots hors d'âge, les vieux cargos déclassés depuis longtemps déjà, les minéraliers et les nuits couché sur le pont à regarder les étoiles. Il parla de son increvable automobile américaine Graham-Paige, un vieux modèle 8-85 Straigthaway Eight à moteur Lycoming, mais aussi des trains des Andes, des chevaux et d'un monde nouveau semblable à un bébé qui s'étirait et ne demandait qu'à grandir pourvu qu'on lui en donnât les moyens.

On l'écoutait émerveillés et quelquefois la jeune femme et les militaires jetaient un regard étonné sur ce pont si ordinaire et qui pourtant scellait leur très improbable rencontre et leur unité.

Dragance pensait sensiblement la même chose, et qu'il était bien étrange de former une communauté si soudée autour d'un pont tellement banal. Il eût préféré une passerelle gracieuse et bombée telle qu'en les jardins chinois miniatures, mais qu'importait ?... Il songeait aussi que si l'enthousiasme est un ciment, un commun refus d'abdiquer ses droits en est un autre qui le vaut bien.

Enfin, le sergent-chef traduisit le bulletin de la B.B.C. et l'on distribua les tours de garde.

Nul n'en parla, mais tous le savaient : la journée du lendemain serait la dernière qu'ils passeraient près du pont.

Et peut-être la dernière de leur vie.

22

Le colonel Valadon avait placé deux avant-postes à quelque huit cents mètres du fossé antichar.

Debout près de ce qu'il restait du remblai, il fumait une cigarette en compagnie du sergent Toko Samboura.

Les deux hommes regardaient la nuit et les épaves des véhicules allemands éclairés par la clarté lunaire. On ne voyait plus les corps, les Sénégalais s'étant spontanément chargés de donner une sépulture commune aux soldats de la Wehrmacht.

Brusquement, Valadon se tourna vers Samboura.

— Vous savez, je ne suis pas sans réaliser tout ce qu'a d'incongru votre présence ici... N'est-ce pas, vous, les Sénégalais, dans cette guerre.

— Pourtant, mon colonel, cette présence découle logiquement de la situation coloniale.

Valadon réfléchit longuement :

— Sans doute. Mais là-bas, au Sénégal, vous ne risquez pas votre vie.

— Est-ce certain, mon colonel ? L'exploitation ne reste-t-elle pas toujours l'exploitation ? Ses formes peuvent varier, du travail forcé aux grandes boucheries guerrières mais à quel instant nous a-t-on demandé notre avis ?

Valadon répondit d'un petit ton sec :

— Vous êtes tout à fait décourageant, Samboura !

Puis, radouci, il ajouta :

— Il ne sera pas dit que je vous brime. Exprimez-vous en toute liberté.

— Je suis exigeant, mon colonel. Les Allemands nous jettent sous les chenilles de leurs chars et vous, puissance colonisatrice bienveillante, vous nous exploitez honteusement en disant : « Nous, nous n'écrasons pas nos nègres sous les roues de nos camions. Nous, nous avons un certain respect de la vie de nos indigènes ! » Mais il ne vous vient pas à l'esprit, mon colonel, que l'exploitation de tout un peuple et la mise à mort spectaculaire appartiennent au fond à une même famille de pensée.

— Laquelle ?

— Une pensée qui va à l'encontre de vos textes constitutionnels.

— Hum !... J'avoue, Samboura, que je connais mal la Constitution. Eh bien, de quoi s'agit-il ?

— Il semblerait que les hommes naissent égaux en droits. Ce n'est pas le cas au Sénégal, pas entre Français et Sénégalais. La pensée qui établit des hiérarchies est la pensée raciste, mon colonel. Vos adversaires allemands en ont fait l'essentiel de leur idéologie. Vous, Latins, êtes à peu près à l'Aryen ce que le Sénégalais est au fonctionnaire colonial français venu de métropole.

Le colonel soupira. Samboura l'intéressait. Il le passionnait, même. Mais il allait beaucoup trop vite en besogne.

— Pourquoi me tourmentez-vous, Samboura ? N'ai-je pas fait preuve de tolérance ?

— Mon colonel, vous avez cherché à comprendre…

Valadon hésita puis, d'un ton énergique :

— Bien !… Reprenez tout cela depuis le début, je vous prie !

☆

L'oberst Kapler ne parvenait pas à dormir lui qui, d'habitude, trouvait facilement le sommeil. Pourtant, on ne pouvait le considérer comme un émotif, et pas davantage comme un homme craintif. Faute d'imagination, il ne redoutait pas la mort et, au reste, sa vie lui importait moins que l'issue de cette bataille et la prise de ce pont sur la Loire. S'il échouait une nouvelle fois — la quatrième ! —, ce serait le retour vers l'Allemagne, la perspective d'une ennuyeuse vie de garnison, le commandement d'une sinistre caserne d'instruction, les jours succédant aux jours dans une province étriquée. En revanche, s'il prenait le pont intact, l'aventure allait continuer. Après la France, ce serait l'Angleterre. Il avait déjà lu une brochure consacrée à la capitale anglaise : Charing Cross Station, Westminster Bridge, Hyde Park, Piccadilly Circus… Et ne pas manquer d'adresser un geste obscène aux empanachés de la Horse Guard !

Il rêva un instant…

Il en était à présent certain : il prendrait ce pont !

Dès l'aube, il regrouperait son artillerie et tous ses blindés pour appuyer, le moment venu, le bombardement de la Luftwaffe. Tant pis s'il ne restait plus un arbre pourvu que les

Africains y restent jusqu'au dernier ! Et cette fois, il serait dispensé du regard lourd de cet insupportable Bamberg.

Il rit.

Bamberg, justement lui !... Tué par ces Africains qu'il aurait sans doute défendus bec et ongles. Très drôle ! Extraordinaire hasard qui allait élargir la liberté d'action des « vrais » soldats allemands. Car, demain, malheur aux militaires français qui tomberaient vivants entre ses mains.

☆

Gaston Gollety, couché près de sa femme dont il tentait d'ignorer les ronflements, refaisait ses comptes pour l'énième fois. Vingt, il s'en était présenté vingt pour attaquer à revers les six défenseurs du pont.

Très insuffisant. Demain matin, accompagné du maire, on referait le tour du bourg et irait battre les campagnes alentour puisque la commune s'étendait sur un vaste territoire.

Cette fois, il ne faudrait pas évoquer l'éventuelle destruction du bourg, ces crétins de paysans comprendraient immédiatement que cela ne les concernait pas directement. Mais Gollety, homme retors, affûtait d'autres arguments. Une petite histoire prenait forme en son esprit. Par exemple, les Allemands, excédés par la résistance autour du pont, décideraient d'exercer des représailles. À commencer par les campagnes qu'ils pilleraient, les fermes auxquelles ils mettraient le feu. Sans parler des éventuels accidents : un Allemand ivre de colère a tôt fait de vider le contenu de son arme sur le premier venu.

— Excellent ! murmura Gollety.

Il faudrait insister sur le fait — imaginaire — qu'on notait déjà plusieurs crimes de guerre de cette nature dans le Nord du département.

Il pourrait même…

Il sourit de cette nouvelle et audacieuse pensée. Il suffisait d'inverser la réalité et d'expliquer qu'au bourg, sauf à tuer tous les habitants, ce qui semblait improbable, les Allemands seraient obligés de refréner leur colère en raison du grand nombre de témoins. En revanche, dans les fermes isolées, ils seraient les maîtres : ni vu ni connu pourvu que les familles soient entièrement massacrées. Les corps carbonisés dans les fermes incendiées, qui pourrait dire s'ils avaient été passés au préalable au fil de la baïonnette ?

Gollety jubilait, persuadé que ses arguments porteraient. Simplement, il faudrait envoyer Haudrusse à sa place pour débusquer des volontaires dans le bourg. La campagne, il y fallait de l'intelligence, il en ferait donc son affaire.

L'avocat se tourna sur le côté et tenta de faire le vide dans son esprit pour trouver le sommeil.

☆

Au rez-de-chaussée de la première maison, Marchal, abruti par le vin, dormait d'un sommeil sans rêve dans la chambre qu'il partageait avec Alamichel. Celui-ci, nerveux, ne parvenait pas à s'endormir. Au reste, il lui faudrait bientôt relever Chevtenchenko qui assurait la garde du pont.

À l'étage, le capitaine Rollet fumait, fixant sans le voir un chromo représentant une scène où Jésus, crucifié, regardait avec lassitude au-delà des casques des soldats romains préposés à la garde des lieux du supplice.

Allongé tout habillé sur le lit, Rollet fit tomber la cendre de sa gauloise sur sa vareuse.

— Et merde !

Il se leva, s'épousseta soigneusement puis, décrochant le chromo, le plaça au-dessus de l'armoire en détournant curieusement la tête.

Il s'approcha de la fenêtre et regarda le pont éclairé par le clair de lune. Le soldat Chevtenchenko, casqué, mousqueton à la bretelle, effectuait d'impeccables allers-retours : six pas dans un sens, six pas dans l'autre.

Pour la première fois, et peut-être parce que l'heure de vérité approchait, Rollet se demanda si ce pont valait vraiment qu'on y sacrifiât sa vie.

Il ne semblait pas impossible que les Allemands les aient débordés à droite comme à gauche et, fidèles à leur habitude, peut-être fonçaient-ils déjà vers l'arrière en tronçonnant l'armée française. Puis d'autres viendraient, moins pressés, pour résorber les poches et ramasser les prisonniers.

Fuir…

Mais Rollet le savait trop bien, il est une chose qu'on ne parvient jamais à fuir : soi-même. S'il partait comme Lynen, Ruschetti et Mathet, ce pont et les défenseurs abandonnés allaient le poursuivre, le hanter, jusqu'à la fin de ses jours.

Le capitaine estimait ne pas devoir ajouter un tel échec à tous ceux qui jalonnaient sa vie. Une vie de fonctionnaire sans perspectives, un mariage où l'amour devenait un spectre prenant le frais sur les remparts d'Elseneur, des rêves et des ambitions aujourd'hui morts en emportant les derniers éclats de sa jeunesse.

Le capitaine écrivait. Il avait, non sans peine, achevé un roman de type naturaliste sans jamais oser le porter chez un éditeur.

Bien trop peur !... Les regards graves, ou las : impossible à affronter. Il aurait fallu être aidé par quelqu'un... Quelle dérision !... Quelqu'un : aujourd'hui, il vivait aux côtés d'Henri Dragance ! Ils se tutoyaient et même s'il l'avait — très théoriquement... — sous ses ordres, l'écrivain et sergent-chef le regardait toujours avec une réelle sympathie et une vraie gentillesse. Dragance, un passeport, un sésame pour entrer chez n'importe quel éditeur parisien. À commencer par Gallimard !

Dragance, romancier qu'il avait toujours vivement apprécié, ne le décevait pas à présent qu'il le connaissait. Il vivait sa notoriété avec simplicité. Mieux, il n'en tenait pas compte. Certes, il existait en lui quelque chose de profondément secret et de blessé mais le capitaine appréciait la façon dont il se dissimulait : incisif, désireux de toujours se mettre à la hauteur de ses interlocuteurs, un réel sens de l'humour, une amitié bourrue et cette façon, à cinquante-deux ans, de s'embarquer dans la passion avec cette si jolie Polonaise, petite-bourgeoise pressée de vivre enfin dix vies en une.

Un homme agréable et raffiné sous des dehors « tendre voyou et chienne de vie ». À moins qu'il ne se fiche complètement des apparences : il en avait les moyens. Un luxe à la portée des artistes et dont ils auraient bien tort de ne pas user et abuser.

S'ils survivaient tous les deux, il faudrait qu'il lui communique son manuscrit. Il verrait assez bien le compte rendu de lecture à une terrasse de café ensoleillée de Montparnasse. Il imaginait Dragance, l'amitié exigeante et le crayon à la main, chaussant ses petites lunettes rondes. Un Dragance rapide, vif, professionnel : « Non !... Développe-moi ce passage, on ne te comprend plus, à la fin !... Coupe ici !... C'est quoi, au juste, cette jeune fille : une soubrette, une amoureuse ou une ingénue ?... Allons, abrège !... Bien : tu vois, hein, quand tu veux ?... Du sens !... Balance mieux ta putain de phrase, mets-la en musique, oui, en musique : tiens, pense à la valse ou au tango, bon Dieu !... Et là, fous-moi un point-virgule : sais-tu bien la grâce d'un point-virgule ?... Oui, voilà, ici c'est très bien : tu y crois, le lecteur te croira !... Et ça, ça c'est superbe !... »

Puis, avec ce sourire éternellement à fleur de lèvres et son regard sombre presque toujours amusé, Dragance aurait ôté ses lunettes :

— Tu veux que je te remette tout ça en forme ?... Tu serais pas le premier, va !

Quelque chose dans ce genre, bien dans la manière rude et douce d'Henri.

Le capitaine observait toujours le pont et les allers-retours un peu mécaniques de Chevtenchenko.

Fuir ? Pas question ! Si Dragance et ce peintre assez connu acceptaient de risquer leur vie pour défendre le pont, il ne pouvait s'y soustraire.

Et puis il y avait les trois autres. Marchal, une petite andouille, un gamin attachant qui jouait au dur de chez les Croix-de-Feu mais parlait un peu trop souvent de sa « maman ».

Alamichel et Lengrand, les deux copains, soldats français types de l'autre guerre malgré leur jeunesse, ces soldats qui obéissaient jusqu'au bout sans lâcher prise : mais pourquoi ? Pourquoi ce sens du devoir chez des gens simples, des civils hâtivement transformés en militaires, quand des polytechniciens, des saint-cyriens, des officiers de carrière très gradés se débinaient la queue basse ?

Le capitaine décida de descendre à la cuisine : il avait envie d'une fine à l'eau.

☆

Il ne cessait de l'embrasser de la tête aux pieds, obsédé par ce corps qui demain, peut-être, lui échapperait à tout jamais pourvu que la mort le prenne sur ce foutu pont.

La mort. Elle l'avait effleuré en 14-18, salement griffé pendant la guerre d'Espagne et cette fois, maintenant qu'elle connaissait le goût de sa viande ?

Il s'en foutait, de ce pont. Il s'agissait de principes : ne pas toujours fuir devant ces salauds de fascistes, ne pas laisser les Pétain, Laval et autres Marquet — « Ces messieurs de la famille ! » — prendre les leviers de commande. Montrer que, dans le camp des idées et du progrès, on savait aussi se battre. Lutter contre ceux qui veulent avilir le monde, n'est-ce pas aussi donner un sens à sa propre vie ?

Et d'un autre côté, face à ces grands principes, cette réalité physique, charnelle, sensuelle, tendre et aimante : Sylvie !

Le bonheur à Chessy. Beau titre pour un roman. Chessy-sur-Loire : sa rue principale, ses notables très lâches, son pont...

— Toi, j'ai envie de t'étouffer ! dit-il à la jeune femme en la serrant très fort.

— Étouffe-moi !

— Mais non. Je t'aime. Je t'aime et je t'étouffe, je t'étouffe parce que je t'aime. Mais je ne veux pas te perdre. Je suis un compliqué, moi. Et puis t'es tellement bath, mon petit poussin !

— Bath ?... Où as-tu appris ces mots-là ?

Il se redressa légèrement. Pas trop, cependant, car il voulait sentir les seins de la jeune femme contre sa poitrine.

— C'est une coquetterie, le plaisir de changer de peau... Et puis c'est aussi à force de traîner ici et là.

— Tu parles si joliment, quelquefois.

— Et quelquefois non !... Que veux-tu, je me sens bien, je ne me surveille pas, je ne m'observe plus. Parce que j'ai confiance en toi, parce que tu es franche et sincère. Pas de jérémiades, pas de bureau des pleurs. On se regarde, on se comprend, on est gourmands l'un de l'autre au même instant. Tu sais, c'est terrible à dire mais j'aimerais bien au moins une fois m'engueuler avec toi. Que tu m'incendies un bon coup ! Comme beaucoup de femmes, quoi.

— Ces femmes-là ne connaissent rien à l'amour, mon amour. Il faut en prendre ton parti : jamais, jamais, je ne me disputerai avec toi.

Il lui sourit mais songea : « Pour ce qu'il me reste sans doute de temps à vivre, ce n'est pas un pari très risqué, ma petite chérie ! »

Mardi 18 juin 1940.

Troisième et dernier jour.

23

On s'était levés tôt, près du pont.

On ne manquait pas de café mais, le boulanger s'étant « replié » vers le sud, le pain faisait défaut, remplacé par des biscottes.

Le petit déjeuner terminé, chacun vaquait à ses occupations tandis que la matinée avançait.

Le mousqueton posé à quelques mètres, Dragance s'était assis sur le parapet du pont, jambes dans le vide. Un parapet sur lequel Sylvie s'accoudait. Ils se parlaient tendrement, coupés du monde.

Autour de la table, Chevtenchenko, Lengrand, Alamichel et Marchal tapaient le carton.

Lengrand jubilait :

— Prends ça, ça, et ça : tierce et belote et dix de der !... T'es rousti, mon pote !

Chevtenchenko leva des yeux brusquement inquiets vers le ciel bleu. On entendait un grondement encore lointain mais qui se rapprochait rapidement.

Dragance, qui avait une guerre d'avance sur les autres, venait de prendre Sylvie par la main et revenait du pont en courant.

Puis le capitaine sortit de la maison en serrant la jugulaire de son casque.

Chevtenchenko jeta ses cartes et regarda ses camarades.

— Roustis, j'ai l'impression qu'on l'est tous !

☆

Les Junker 88, bombardiers utilisés aussi bien en piqué qu'à l'horizontale, arrivèrent en formation serrée.

L'un d'eux, bientôt imité par tous les autres, décrocha de la formation, sembla s'incliner sur son aile et piqua vers la forêt et le fossé antichar.

Dès l'explosion des premières bombes, toutes les bouches à feu — artillerie et panzers — du kampfgruppe Kapler commencèrent leur tir.

Un pilonnage systématique.

☆

Le colonel Valadon se releva, titubant. Il ne savait pas combien de temps avait duré le matraquage : dix minutes ?... Une demi-heure ?...

Il regarda autour de lui.

Une boucherie. Ses hommes gisaient en d'étranges postures, tués par dizaines. Il découvrit parmi les morts le commandant Ninsgern dont la tunique toujours impeccablement brossée était éclaboussée de matière cervicale. Il vit également les quatre sous-officiers de métropole puis, une jambe sectionnée par un éclat, le sergent Toko Samboura qui s'était littéralement vidé de son sang.

Déjà, des Sénégalais survivants se regroupaient sans un mot autour de leur chef. Ils s'époussetaient, s'aidaient à ajuster leurs équipements, vérifiaient leur chargement de cartouches et de grenades. Sans la moindre plainte.

« Mais en quoi sont-ils faits ? » se demanda Valadon que tout courage abandonnait. Il se doutait bien que ces hommes tenaient à la vie tout autant que lui-même mais leur supériorité relevait d'une chose très simple : ils étaient venus faire un travail, la guerre, et en le reprenant dès que possible. En dépit de tout.

Valadon se dit que le moment était venu d'arrêter ce massacre. Ils avaient fait leur devoir. Continuer la lutte, à présent, n'avait plus de sens.

Il se demanda quel serait son interlocuteur allemand.

☆

Le capitaine Rollet, le sergent-chef Dragance et les quatre soldats du pont avaient gagné leurs postes de combat.

Dragance avait envoyé Sylvie dans la cave de la maison située à droite de laquelle parvenait la voix d'un speaker de la B.B.C., la T.S.F. étant restée allumée.

Dans le fortin, Lengrand observait le capitaine qui se tenait derrière la mitrailleuse. Soutenant les bandes de cartouches baguées entre ses mains paumes ouvertes, il se demanda ce que Rollet donnerait avec la Hotchkiss.

Puis, se penchant légèrement vers la lucarne de tir, il observa la fumée qui montait de la forêt et lança :

— Les nôtres, qu'est-ce qu'ils dégustent, mon capitaine !

Le capitaine Rollet ne trouva rien à répondre.

☆

Le colonel Valadon jubilait, répétant à voix haute :

— Inespéré !... Inespéré !...

Et il revit la scène qui s'était déroulée peu auparavant.

Ce capitaine allemand, Hipper, lui avait fait la meilleure impression. Un homme calme et courtois qui était arrivé en side-car en agitant un drapeau blanc.

Après avoir salué le colonel et s'être présenté, il ôta ses gants gris-vert et tendit une main franche à Valadon. Celui-ci écouta Hipper se plaindre de la cruauté de la guerre dans un français au lourd accent puis, ouvrant son étui à cigarettes, il en offrit une au colonel.

Ils échangèrent encore quelques mots. Hipper, fils d'un industriel de la Ruhr, se détendit plus encore en apprenant que Valadon possédait également une usine.

Le colonel se sentait partagé. Ce capitaine Hipper appartenait à sa classe sociale, ce qui facilitait le dialogue. Mais Valadon ne parvenait pas à chasser de sa mémoire ses conversations avec le sergent Toko Samboura. Il savait qu'il ne verrait plus jamais le monde comme auparavant.

Une autre pensée, plus gênante, lui vint. Mis dans sa position, Samboura se serait sans doute montré plus ferme, refusant la poignée de main, la cigarette et toute allusion à un semblable statut social.

Mais le colonel, sans illusions sur lui-même, n'ignorait pas qu'il était loin de posséder la fermeté de caractère de Samboura. À présent, prêt à bien des concessions, il entendait d'abord sauver ses hommes.

Il modifia, et il eut tort, sa ligne de conduite des jours passés en songeant : « Capituler, cela se fait sans manières. Le combat est une chose, la paix une autre. »

Le hauptmann Hipper ôta sa casquette et passa un revers de main sur son front.

— La journée sera chaude.

Le colonel observa la courte veste croisée en drap noir, d'une coupe très ajustée, de son interlocutеur. Son regard s'attarda sur les pattes de col où brillait l'insigne à tête de mort des tankistes.

Valadon jeta sa cigarette.

— Vous n'êtes pas venu me parler du temps qu'il fait, capitaine ?

— En effet !

D'un signe de tête, il désigna le bois où deux Sénégalais attendaient leur colonel.

— Combien êtes-vous ?

Le colonel sourit.

— Un certain nombre...

Hipper, comprenant que sa ruse avait échoué, prit un ton assez cérémonieux :

— L'oberst Kapler, commandant du Kampfgruppe, a été très impressionné par votre résistance, votre courage et celui de vos troupes. Il pense cependant que votre situation est désespérée et votre résistance à bout : à quoi bon, à présent, ajouter des morts aux morts ?

Valadon ne répondit pas. Un peu déçu, Hipper reprit :

— L'oberst Kapler vous fait la proposition suivante...

Il sortit un papier d'une poche intérieure et lut en butant parfois sur les mots :

— En considération de la conduite courageuse des troupes françaises, il est accordé un défilé de celles-ci avec les honneurs militaires. Un détachement allemand au garde-à-vous et arme à la bretelle vous rendra les honneurs pendant que les officiers vous salueront. Signé : Oberst Ernst Kapler.

C'était là bien davantage que tout ce dont avait rêvé Valadon. Un mot lui vint : « inespéré ». Mais il cacha sa satisfaction :

— Quelle heure avez-vous fixée ?

— L'oberst Kapler estime que quarante-cinq minutes constitue un délai raisonnable.

— Parfait.

— L'oberst Kapler et la compagnie d'honneur vous attendront à une centaine de mètres derrière cette position.

— C'est entendu.

Les deux officiers se saluèrent puis, tandis que Hipper remontait sur son side-car, le colonel Valadon, suivi de ses deux soldats en armes, s'enfonça dans la forêt.

☆

Avec la vingtaine d'hommes de la veille, et la dizaine qu'il venait de recueillir dans le bourg, Ferdinand Labarthe, maire de Chessy-sur-Loire, attendait dans la cour de l'école.

Un seul pistolet automatique, des fusils de chasse, des fourches : l'armement de « ses troupes » laissait à désirer.

Il se demanda si l'avocat Gollety aurait davantage de succès dans les fermes.

Il tardait. L'heure de déjeuner était passée depuis longtemps. L'idée le traversa que Gollety, sous le prétexte de lever de nouveaux volontaires, envisageait peut-être de sauver sa peau. Il y réfléchit longtemps puis écarta le soupçon : Gollety possédait la plus belle maison du bourg et risquait de perdre davantage que tous les autres.

Il se leva et, mains dans les poches, fit le tour de la cour d'école.

Il regarda le ciel et frémit au souvenir des bombardiers allemands en formation serrée jetant leurs bombes sur la forêt située sur l'autre rive de la Loire.

Cinq pour cent de ces bombes suffiraient pour ne plus laisser pierre sur pierre à Chessy-sur-Loire.

Il fallait absolument livrer le pont aux Allemands.

Un pont intact.

24

Épuisé par deux nuits sans sommeil, le colonel de l'armée de l'air se souvint d'une vague promesse à un type plutôt persuasif qui lui demandait de l'aide à Chessy-sur-Loire.

Il écarta ses cigarettes et une timbale de café froid puis, après s'être frotté des yeux rougis par le manque de sommeil, il consulta la carte et réalisa aussitôt l'importance du pont :

— Ces cons ne l'ont pas fait sauter !...

Le type persuasif ne mentait donc pas : le pont de Chessy pris intact par l'ennemi deviendrait un déversoir à panzers.

Il consulta la feuille de service et celle des opérations. Il lui restait largement assez de personnel pour constituer un équipage mais, la veille, il avait reçu l'ordre de repli général sur Clermont-Ferrand et y avait expédié ses bombardiers, deux Bloch 210 et quatre Léo 45 ainsi que deux Bloch 174 de reconnaissance et un Potez 263. Cela sentait la fin.

Il devait encore rapatrier sur Bordeaux son dernier appareil, un bombardier, justement. Ordre express. Mais tout était express ! La guerre expresse ! L'avance allemande expresse ! La défaite française expresse !

Restait donc ce dernier avion. Et cette ultime mission.

Le colonel alluma une cigarette au mégot de la précédente. Puis il s'interrogea sur cet étrange avion. Un avion certes très récent, de 1938. Mais à usage civil et appartenant à la compagnie Air France. Réquisitionné fin 1939 et converti assez habilement en bombardier. Une belle bête ! Quatre moteurs de huit cents chevaux pouvant emporter huit bombes de deux cent cinquante kilos chacune placées sous les ailes et le ventre de l'appareil.

Des bombes, la base en stockait des dizaines de tonnes qu'il faudrait d'ailleurs faire sauter au moment de l'inévitable repli.

Des bombes, un bombardier… auxiliaire… mais récent et en parfait état, conçu pour traverser l'Atlantique, rien que ça !

Restait l'équipage. L'idée prenait corps et le colonel compta sur ses doigts :

— Un commandant de bord, un, j'ai !… Un pilote, deux, j'ai !… Un navigateur, trois, j'ai !… Un radio, quatre, j'ai !… Un mécanicien, cinq, j'ai !… Un mitrailleur-bombardier, six, j'ai !… Six hommes d'équipage, j'ai !… Et des meilleurs !

Il se leva et s'approcha de la fenêtre en murmurant :

— Mission suicide, ils n'en reviendront pas.

Le bombardier pouvait peut-être s'approcher, peut-être lâcher ses bombes, peut-être encore toucher le pont… Que de « peut-être » !… Mais les Allemands, furieux, dépêcheraient contre lui leur chasse, ces Messerschmitt 109 qui atteignaient 575 kilomètres à l'heure.

Et ce serait la curée.

À moins… Grimper immédiatement en très haute altitude ?

Le colonel ne pouvait se résoudre à donner un tel ordre. Puis il pensa à ces quelques soldats restés sur ce maudit pont de Chessy-sur-Loire et qui les attendaient sans doute désespérément…

Il ne donnerait pas cet ordre. Mais il réunirait l'équipage et exposerait la situation, l'importance de ce pont, les panzers risquant de déboucher dans le dos des armées françaises en pleine retraite. Enfin, il demanderait qui se portait volontaire.

— Que faire d'autre ?… Après, inch' Allah !…

☆

L'oberst Kapler était furieux.

Et à plus d'un titre ! Furieux de devoir cacher qu'il était furieux. Furieux d'avoir passé un marché avec ce colonel qui ne disposait plus que de huit hommes !… Furieux, enfin, de la haute tenue des Sénégalais.

Leur colonel en serre-file, ils défilaient deux par deux, au pas cadencé, effectuant un « tête droite » admirable en arrivant à la hauteur de Kapler. Des types superbes, grands, athlétiques, impeccables dans le défilé et sans la raideur allemande. Baïonnette au canon, ordre parfait, uniformes brossés, cuirs étincelants : à croire qu'ils sortaient de la caserne !… Des vaincus à ce point odieux que leur haute tenue pouvait en remontrer au vainqueur : imagine-t-on pareille arrogance ?

Masquant difficilement son impatience, Kapler écouta le colonel Valadon via la traduction du hauptmann Hipper.

« Du baratin ! songea-t-il. Pour qui se prend-il, ce Valadon ? »

Stratagème ou pas, Kapler s'en voulait d'avoir fait présenter les armes à « ce vieux con et ses nègres » par les hommes de son Kampfgruppe. Mais d'un autre côté, il ne pouvait savoir que les effectifs des Sénégalais ne se montaient plus qu'à huit hommes et que cent des leurs y étaient restés.

Valadon parlait d'« honneur », du « sort cruel des armes », de la « bienveillance du vainqueur ».

« Tu parles ! » songea Kapler.

Il fit un rude effort pour rassembler ses notions de français, une langue littéraire qu'il détestait.

— Vous, colonel, remettre votre arme à moi !

« Il se prend pour Napoléon ! » songea Kapler en voyant Valadon, très « vieille France », remettre avec noblesse son revolver à l'ordonnance de Kapler.

Aussitôt, conformément aux ordres reçus, des hommes du Kampfgruppe désarmèrent les Sénégalais. Sans douceur.

Puis, à la stupéfaction du colonel Valadon, on lia les mains des soldats noirs derrière leur dos avec du fil électrique.

Valadon protesta avec véhémence, Kapler hurla :

— Votre gueule !... Votre sale gueule, vous fermez elle !

Kapler ne voulait pas qu'on trouble sa méditation. Ainsi, c'était cela, des Sénégalais ?... Il songea : « Ils sont beaux. À leur manière simiesque, bien entendu ! Encore que... Auraient-ils été blancs, ces visages fins et osseux, ces hautes statures, ils en auraient imposé même à la garde d'honneur du Führer, la "Liebstandarte Adolf Hitler". »

« Pensée sacrilège ! » se dit-il, amusé.

Mais c'est de sa voix de chien de quartier qu'il ordonna à un Hipper assez fuyant :

— Faites venir le char !

Encore une affaire qui n'avait pas été simple ! Comme tout le reste, décidément. Le capitaine Dieter Koelh, ce salaud, s'était dérobé. Il refusait cette mission et refusait qu'on l'imposât à ses hommes. Il avait donc fallu dégoter un équipage national-socialiste, celui de l'adjudant Schlutz.

Kapler se méfiait des nazis. De très bons Allemands, de l'enthousiasme, certes, mais trop souvent de bien mauvais soldats s'exposant par bravade.

Le char de l'adjudant Schlutz approcha dans un rugissement de moteur. Aussitôt, des fantassins du Kampfgruppe firent approcher quatre Sénégalais aux mains liées derrière le dos et, par jeu, leur firent des crocs-en-jambe.

Le colonel Valadon comprit aussitôt. Et oublia tout. Il oublia qu'il était monarchiste, officier supérieur, grand bourgeois et industriel. Il oublia même ses conversations avec le sergent Samboura puisqu'il songea : « Mes enfants ! »

Ses enfants, allongés sur la route, avaient également compris. Compris ce qui les attendait quand la raison d'un tel traitement leur échappait : ils s'étaient battus courageusement, dans l'honneur, poussant la noblesse jusqu'à donner des sépultures à leurs adversaires malheureux.

Couchés sur la route, ils jetaient des regards affolés ou implorants à leur colonel qui eut une attitude étonnante : n'étant pas entravé eu égard à « sa race » et à son rang, il se coucha sur la chaussée à côté de ses soldats, ignorant les chenilles du panzer si proche pour toiser Kapler avec un mépris hautain.

L'oberst hurla de rage.

Jamais, au grand jamais, il n'avait été question de réserver ce traitement à un colonel français.

Foutaises !... Ce vieux fou de Valadon brouillait les cartes.

Sur un ordre de Kapler, deux massifs sous-officiers du kampfgruppe relevèrent le colonel Valadon qui, d'une voix calme, s'adressa à son adversaire :

— S'il vous plaît, ignoble crapule, sombre canaille et immonde assassin, faites-moi partager le sort de mes soldats.

Hipper hésita. Fallait-il traduire... « cela » ? Il s'y résolut, non sans plaisir en voyant Kapler blêmir.

Dans son français hésitant, Kapler répondit :

— À votre service, herr colonel !

Et, dégainant son arme de service, il visa la tempe du colonel et tira.

Le sang jaillit aussitôt de sous le casque troué, inondant le visage, la nuque et les épaules du colonel qui s'effondra, foudroyé.

Kapler, sans états d'âme, fit signe à l'adjudant Schlutz qui embraya.

Le char avança et bientôt patina sur les corps des quatre Sénégalais. Puis il recula.

Kapler se pencha vers le hauptmann Hipper :

— Édifiant !... Qu'en reste-t-il ?... Lambeaux d'uniformes, peau noire, chair blanche, os... Qu'en pensez-vous, Hipper ?

Hipper, se retenant de vomir, rassembla son courage et répondit d'une voix mal assurée :

— Finalement, en dépit de toutes les propagandes, les hommes se ressemblent, herr oberst. Le sang des hommes est rouge.

Kapler le toisa.

— Je n'aime pas cette réponse. Vous êtes très décevant, Hipper. Allez donc en queue de colonne : dorénavant, ce sera votre place.

Hipper, qui devait par la suite longuement s'interroger sur son attitude — jusqu'à sa mort devant Leningrad en 1942 —, parvint difficilement à balbutier :

— Herr oberst, nous avons manqué à notre parole d'officier allemand.

— Une parole donnée à des nègres ?... À un colonel d'opérette ?

— C'était une parole d'officier allemand, herr oberst.

— Elle n'engage que vous, Hipper. Autre chose ?

— C'est un crime de guerre, herr oberst.

Kapler fit signe qu'on fasse « trébucher » les quatre derniers Sénégalais. Le char reculait, prenant son élan. Kapler regarda les yeux affolés des Africains. Sans doute les cerfs dans les chasses à courre, où les nantis ne l'avaient jamais invité, jetaient-ils de semblables regards lorsque la meute hurlante des chiens les cernait...

Il chassa cette pensée puis soupira :

— Hipper, qu'est-ce qu'un crime de guerre ?... C'est le crime qu'un vaincu confesse devant ses juges. Hypothèse absurde. Nul ne saura, Hipper, nul ne s'en préoccupera jamais et savez-vous pourquoi ?... Nous sommes en France pour mille ans.

Et, sans attendre une éventuelle réponse de Hipper, il fit signe à l'adjudant Schlutz.

Celui-ci embraya et le panzer s'approcha des quatre hommes étendus sur la route au milieu de la bouillie formée par ce qui fut les corps de leurs camarades.

Se désintéressant du spectacle, Kapler consulta sa montre.

Entre la Luftwaffe arrivée bien tard, les pourparlers avec les Français une fois qu'on leur eut laissé le temps d'« apprécier » les effets du bombardement, la longue attente pour qu'ils se présentent, cette petite cérémonie expiatoire sous les chenilles d'un de ses chars : la journée était bien avancée. Trop, peut-être.

Et il fallait encore remettre le kampfgruppe en ordre de bataille en faisant permuter certaines unités sur cette route étroite pendant que des centaines de grenadiers combleraient le fossé antichar.

Mais Kapler ne s'inquiétait pas, persuadé d'être maître du pont avant la nuit.

25

Les Allemands avaient légèrement modifié leur dispositif d'attaque.

Il fallait frapper vite, fort et avec précision. Pour ménager le pont.

L'oberst Kapler plaça quelques motocyclistes en tête et, aussitôt derrière, les panzers.

Il suivait leur progression à la jumelle en martelant le sol du talon de sa botte droite.

— Ils ont traversé un tiers... la moitié... les trois quarts...

Le pont ne sautait pas. Nul Français ne tirait. Était-ce si simple ?... Le kampfgruppe venait de prendre intact le pont de Chessy-sur-Loire !

Au débouché du pont, tous les motocyclistes furent fauchés par le tir extrêmement précis de la mitrailleuse Hotchkiss servie par le capitaine Rollet et le soldat Lengrand mais, presque aussitôt, la tourelle du char de tête, celui du leutnant Loehr, pivota et fit feu.

Le fortin fut pulvérisé.

— Coup au but !... hurla Kapler, jumelles rivées aux yeux.

Eh bien voilà, son premier char roulait sur l'autre rive, puis un deuxième, un troisième...

Voyant la barricade, le leutnant Loehr n'hésita pas : il fallait viser ce petit canon antichar, légèrement à droite.

Il allait donner toute sa vitesse lorsque l'obus de 25 mm traversa la tourelle. Le feu se communiqua à bord. La tourelle fut projetée à une dizaine de mètres sous l'effet de l'explosion des munitions et le centre du char ressembla à un cratère en éruption crachant ses flammes.

L'adjudant Trimkla, commandant le second char, pila net, aussitôt embouti par le panzer du sergent Knoche.

Trimkla s'affolait. L'épave en feu du panzer de Loehr gênait le passage, ce crétin de Knoche l'empêchait de reculer et, devant, il avait reconnu le terrible canon français antichar de 25 mm tirant des obus à une vitesse stupéfiante. Des obus capables de perforer les blindages de tous les chars allemands existants.

Le char de Trimkla explosa à son tour, puis celui de Knoche et même celui de l'adjudant-chef Hoebe qui tentait de déborder par l'aile en roulant sur les ruines du fortin.

— Poussez ces ferrailles dans la Loire ! hurla l'oberst Kapler qui, situé cent mètres en arrière, ne risquait pas d'être entendu.

☆

Le soldat Marchal avait confiance et regrettait que sa mère ne puisse le voir. Elle eût sans doute été fière de ce fils unique qui constituait toute sa vie, surtout depuis que Marchal père était parti sans laisser d'adresse... trois jours après la naissance de son fils.

Couché derrière son pistolet-mitrailleur 24-29, il surveillait la Loire mais à l'évidence, malgré le bas niveau des eaux, les Allemands ne tentaient pas le passage.

La destruction du fortin l'avait peiné. Il aimait bien le capitaine Rollet, plutôt simple pour un officier. Oui, il aurait voulu avoir un père comme celui-là. Il éprouvait de la sympathie pour le soldat Lengrand et songea à la tristesse que devait ressentir son copain Alamichel derrière la barricade.

Puis il songea à Dragance et Chevtenchenko. De sacrés artilleurs, ceux-là ! Quatre tirs, quatre coups au but, quatre chars au tapis ! Pas d'affolement : malgré la meute, Dragance prenait son temps et envoyait des tirs imparables.

Entendant du bruit sur sa droite, il tourna la tête et fut aussitôt très ému.

« C'est plutôt des vieux », songea-t-il.

Ils étaient une vingtaine armés de fusils de chasse dérisoires.

N'empêche, c'était bon de se sentir soutenu par les habitants de Chessy-sur-Loire arrivant avec leurs vieilles pétoires pour prêter main-forte aux défenseurs du pont.

Marchal leur sourit avec indulgence en disant :

— C'est gentil, les gars, mais c'est pas pour vous. C'est du sérieux, c'te guerre-là !

L'homme de tête, bonne soixantaine, avait l'air sympathique. Grosses joues rouges, moustaches blanches à la gauloise, béret basque. « Le vrai pécore français ! » songea Marchal.

Cependant, le jeune soldat se demanda pourquoi le paysan épaulait son fusil en le visant. Puis la décharge de gros plombs le décapita.

☆

Dragance et Chevtenchenko profitaient au maximum de l'embouteillage de panzers. Ils foudroyèrent un cinquième char qui débouchait du pont et ratèrent un sixième pour l'incendier peu après.

Quelques commandants de panzers tiraient mais en raison de la nature du terrain, de l'enterrement de la position et de l'angle formé par le pont et la rue, ils ne parvinrent pas à atteindre la barricade. Au reste, les chefs de chars en uniformes noirs tentaient surtout de faire reculer la colonne, par radio et par gestes, le buste hors de la tourelle.

Dragance ressentit une vive douleur dans le dos et remarqua que Chevtenchenko s'effondrait, le casque arraché.

Le souffle court, le sergent-chef se retourna et vit une quinzaine d'hommes armés de fusils de chasse.

Il porta la main à son étui de revolver puis s'effondra à son tour, le visage dans la poussière.

Alamichel, rageur, tourna son arme contre les assaillants. Un genou à terre, en excellent fantassin, il tirait posément, à bout portant.

Il avait tué cinq hommes lorsque trois décharges convergentes le scièrent littéralement en deux.

Aussitôt, Ferdinand Labarthe se précipita à la barricade en agitant frénétiquement un drapeau blanc.

☆

L'oberst Kapler était heureux.

L'infanterie serait là dans quelques minutes. Les chars commençaient à reculer en bon ordre et, lorsqu'on y verrait plus clair, on pourrait dégager les épaves et libérer le passage.

— Six panzers, tout de même ! dit-il d'un air grave.

Mais le pont était à lui.

Au reste, sa joie venait également d'ailleurs, de cet instant où son ordonnance lui avait tiré la manche pour lui montrer la rive et ce spectacle inoubliable : des civils français tuant un soldat français au seul motif qu'il faisait courageusement son devoir.

Et d'évidence, les défenseurs de la barricade avaient subi le même sort, surtout ces diaboliques artilleurs.

Il inspecta la barricade à la jumelle. Pas de doute, on n'y voyait nul militaire français mais des civils joyeux, souriants, qui agitaient des drapeaux blancs et adressaient de grands signes amicaux aux soldats de la Wehrmacht.

Engagé à pied avec un groupe d'officiers à la moitié du pont, il eut envie de gagner l'autre rive mais songea qu'un tireur isolé français avait peut-être échappé à ses concitoyens.

Encore un peu de patience et l'infanterie arriverait d'ici une à deux minutes. Il pourrait alors aller voir de près ces hommes relevant d'une espèce dont, jusqu'ici, il ne soupçonnait pas l'existence.

On pouvait donc s'enfoncer à ce point dans l'ignominie, atteindre une telle bassesse ?

Il en eut le vertige.

Puis il songea à cette phrase du Führer qui écrivait dans *Mein Kampf* : « Je pourrirai cette guerre. » Avec les gens de cette commune, le travail semblait déjà fait.

Il se tourna vers ses officiers.

— Aucun pillage à Chessy-sur-Loire. La troupe affichera une grande cordialité. Distribution de vivres à la population. Et du chocolat aux enfants. Profond respect vis-à-vis des femmes.

Un jeune officier de chars eut un haut-le-corps qui n'échappa pas à Kapler.

— Une observation, leutnant ?

— Herr oberst, c'est ignoble, ils viennent de tuer leurs propres soldats. C'est absolument inimaginable. Ces gens sont...

Il chercha ses mots. Kapler vint à son secours :

— Nous savons tous ce qu'ils sont mais songez, leutnant, que, dans ces conditions, l'occupation de la France sera des plus douces pour la Wehrmacht. Un rêve !

— Alerte !... Avion !...

Ce cri, lancé par un officier, était peu connu des troupes allemandes. Pourtant, on ne pouvait s'y tromper : l'avion qui tournait en spirale pour reconnaître le pont portait des cocardes françaises sous les ailes.

Des blindés, on ouvrit le feu à la mitrailleuse mais sans succès, le lourd avion virant vers l'est.

Aussitôt, Kapler et ses officiers coururent vers la rive allemande du pont tandis que certains équipages abandonnaient leurs chars sur le pont embouteillé pour fuir à pied.

Essoufflé, Kapler attendait tandis que les radios réclamaient la chasse allemande.

Kapler savait que le bombardier allait revenir. Il n'ignorait pas qu'il ne ferait qu'un unique passage pour lâcher toutes ses bombes : il n'avait pas le choix.

Il ne restait plus qu'à espérer que le pilote fût un incapable et son mitrailleur-bombardier un maladroit.

☆

Le pilote du bombardier se tourna vers le commandant :

— Superbes artilleurs : j'ai repéré cinq chars boches au tapis.

— Six ! corrigea le « pacha ».

Après une large boucle, l'avion revint, volant parfaitement dans l'axe du pont.

Très calme, sans la moindre émotion, le commandant ajusta ses huit lâchers de bombes de deux cent cinquante kilos chacune puis, sans même regarder le résultat et après une nouvelle boucle, il ordonna :

— Altitude maximum !

Il se doutait que, quelque part, des Messerschmitt décollaient déjà.

☆

Kapler sut immédiatement.

L'axe choisi par le pilote, la perfection du lâcher de bombes…

Sous ses yeux, le pont sembla littéralement éclater quand les panzers, eux — ses panzers ! —, ressemblaient à des jouets que la main rageuse d'un enfant projette au loin.

L'oberst baissa la tête. À un quart d'heure près, ses panzers passaient. Tous. Ou suffisamment, en tout cas, pour semer la panique sur l'arrière des armées françaises.

Un quart d'heure.

Le temps dont il aurait disposé s'il avait fait conduire directement les Sénégalais vers l'arrière, comme il est d'usage avec les prisonniers de guerre.

Depuis l'au-delà, l'oberst Kapler se sentit encore une fois nargué par les grands soldats noirs…

26

Gaston Gollety s'en serait presque frotté les yeux.

Le pont n'existait plus !...

Il se trouvait donc encore dans cette armée des pilotes pour prendre des risques aussi insensés, et des artilleurs pour se battre à un contre mille ! Peut-être se trouvait-il même une France différente de celle qu'il imaginait jusqu'ici ?

Il vit Sylvie, sortie des caves, qui se penchait sur Dragance apparemment toujours vivant quoique allongé près de son canon, l'épaule gauche et le visage en sang.

Arrivant à pas de loup, Haudrusse souleva la jeune femme par-derrière en la ceinturant avec force.

Dragance regarda Haudrusse droit dans les yeux.

— Ça faisait longtemps que t'en rêvais, hein ?... Le viol, c'est dans tes moyens, ça !... Fumier, va !

Sans lâcher Sylvie, et resserrant encore son étreinte, Haudrusse ordonna au paysan le plus proche :

— Qu'est-ce que tu attends, toi !... Allez, il faut l'embrocher !...

Le paysan, la fourche à la main, hésita. Il observa Dragance. Un homme déjà blessé. Un homme dans la cinquantaine, les cheveux gris sous le casque. Un sergent-chef, en plus !… Et décoré de la Légion d'honneur : ce n'était pas rien, tout cela !

Bien qu'au sol, dominé par le paysan, Dragance le regardait avec insolence, d'un air de défi, un léger sourire aux lèvres.

Haudrusse perdit quelques instants à se griser de l'odeur des cheveux blonds contre son visage. Tenant la jeune femme très serrée, il sentait son sexe dressé contre les fesses de Sylvie Thorn.

Mais il fallait d'abord en finir avec Dragance.

Le paysan armé d'une fourche commençait à s'affoler. Ce type blessé l'impressionnait. Et puis il y avait cette jeune femme blonde qui hurlait : « Non ! » Et Haudrusse qui hurlait plus fort encore :

— Tue-le !… Mais tue-le !…

Il leva sa fourche et l'abaissa, embrochant la cuisse du sergent-chef. Il savait qu'il existait une artère. S'il l'avait touchée, le sergent mourrait en quelques minutes. Dans le cas contraire, cette blessure ne serait pas mortelle.

Dragance avait grimacé en laissant échapper un cri de douleur. Puis il cracha du sang et toussa longuement. Enfin, haletant, il leva un regard moqueur vers le paysan et murmura dans un souffle :

— Je te pisse à la gueule, charogne !

Le maire, Ferdinand Labarthe, secoua nerveusement l'épaule de Gollety qui regardait vers le sol. Labarthe s'inquiétait de la situation. Rien ne se déroulait comme prévu. Et Gollety qui « déraillait » au moment où des décisions graves s'imposaient !

Le maire se trompait.

Comme brusquement dessaoulé, Gollety, qui réfléchissait, observa la barricade. Collectivement, ils avaient tué trois soldats français... et peut-être un sous-officier. Par-derrière, circonstance aggravante, et alors que les militaires se battaient contre les Allemands.

Une très vilaine affaire.

Habitué des assises du Loiret, et pour cause, Gollety savait parfaitement qu'une cinquantaine d'hommes... ses complices... ne conservaient jamais un secret. Il s'en trouverait un, et plus certainement plusieurs, pour raconter cette histoire. Ceux qui, par exemple, n'avaient fait que regarder.

Gollety affina sa réflexion. S'il pouvait paraître tentant d'éliminer Dragance qui, lui, parlerait à coup sûr, l'hypothèse précédente — celle des bavards — qui relevait d'ailleurs de la certitude absolue, induisait que, tôt ou tard, les faits seraient portés à la connaissance de la justice qui diligenterait une enquête.

Dès lors, pourquoi ajouter à la gravité de l'affaire en tuant un quatrième soldat, d'ailleurs sous-officier décoré, qui plus est écrivain bénéficiant d'une certaine notoriété et d'amitiés puissantes et attentives chez les socialistes ?

C'eût été absolument stupide !

Il fallait tout au contraire que Dragance vive. Et qu'il puisse témoigner un jour qu'il devait la vie à Gaston Gollety.

Gollety se planta devant Haudrusse.

— Lâchez Mme Thorn !

— Vous êtes fou ?... Elle est à moi, maintenant !...

Gollety jeta un regard glacé à Haudrusse qui, malgré lui, desserra son étreinte. Aussitôt, Sylvie se libéra et donna une gifle magistrale au pharmacien. Celui-ci bondit vers elle mais fut ceinturé par deux hommes. Il hurla néanmoins :

— Ça fait deux fois que tu me frappes, petite salope !... Je te retrouverai !...

Sans un mot, Sylvie se dirigea vers le bourg.

Gollety en fut soulagé : un viol, très vite devenu collectif — une cinquantaine d'hommes ! —, les aurait à jamais discrédités devant une cour d'assises.

Il songea à aller éteindre cette T.S.F. qui fonctionnait toujours et qu'on avait réglée sur la B.B.C. mais il estima plus urgent de se pencher vers Dragance qui, en tombant après sa blessure à l'épaule, s'était brisé le nez et deux dents.

— Ça va ?

— Vous êtes bien avancé, maintenant !... répondit le sergent-chef, essuyant de son bras valide sa bouche en sang.

Gollety hocha la tête d'un air compréhensif.

— Haudrusse est fou comme un âne.

Dragance tenta de sourire.

— Âne bâté, âme gâtée.

Le maire voyait venir Gollety, très occupé à se dédouaner. Lui aussi réalisait que le secret ne serait pas gardé et que, dans ces conditions, il ne fallait surtout pas tuer Dragance mais le mettre de son côté : ces crétins de paysans avaient les épaules larges, suffisamment pour endosser la responsabilité des événements s'il fallait se justifier quelques jours prochains.

Tout de sollicitude, l'air navré, il se pencha à son tour vers le sergent-chef.

— C'est désolant, monsieur Dragance, totalement désolant !... Un moment... comment dire ?

— Un égarement passager et collectif ! souffla Dragance, ironique, en retirant son casque de sa main valide.

Faisant grimacer le sergent-chef, Labarthe se pencha vers la blessure à l'épaule qu'il inspecta avec soin.

— Vous vous en tirerez !... Il faudra retirer les plombs un à un.

— Chic !... Avec ce que vous m'avez mis dans la viande, je vais pouvoir fournir tous les récupérateurs de métaux de la région.

Labarthe ne répondit pas, trop occupé à installer un garrot sur la cuisse. La plaie saignait, mais rien qui fût affolant. Labarthe se redressa. Forçant la note, il affecta d'être brusquement réjoui.

— Là encore, vous avez de la chance.

— Drôlement veinard, en effet ! répondit Dragance, écœuré par la bienveillance des assassins.

Zozotant légèrement en raison de ses dents brisées, il ajouta, non sans provocation :

— Messieurs, laissez toutes illusions. Un jour, que je souhaite prochain, je me souviendrai de la qualité de l'accueil dans votre charmante commune. Car je ne peux le nier : j'ai été très touché, surtout à l'épaule et à la cuisse.

Gollety et Labarthe furent dispensés de répondre car, conduite par Sylvie, la Simca 5 arrivait en marche arrière pour s'arrêter à proximité du sergent-chef.

La jeune femme descendit de voiture et déposa sur le capot un beau sac de cuir. Elle l'ouvrit dans un silence impressionnant et commença à lancer des liasses de gros billets dans toutes les directions avant de jeter le sac lui-même.

Il y eut un instant de stupeur, puis ce fut la ruée, la mêlée et bientôt les échanges de coups.

Sylvie saisit Dragance sous les bras mais il l'arrêta, caressant d'un geste infiniment affectueux le crâne sanglant de Chevtenchenko dont le casque avait été soufflé. Puis, malgré ses plaintes, Sylvie traîna le corps du sergent-chef et l'approcha de la Simca 5.

Gollety et Labarthe lui proposèrent avec empressement de l'aider mais elle les dissuada d'un cinglant :

— Je vous interdis de le toucher !...

Inquiète, elle voulait faire vite. On les laissait partir, apparemment, mais la situation pouvait se retourner en un instant.

Plus belle que jamais, le souffle coupé et la sueur au front, la jeune femme parvint après bien des efforts à hisser le sergent-chef sur le siège passager. Puis, près du canon, elle récupéra le képi de Dragance et d'un geste tendre l'en coiffa, légèrement incliné, comme aimait le porter le sergent-chef.

La jolie Polonaise voulait se battre, gagner, vaincre toutes les difficultés qui se dressaient devant elle et l'homme qu'elle adorait.

Elle luttait contre le doute, ignorant qu'elle réussirait. Jouant de la menace, de son charme, du nom de Dragance, elle atteindrait Tours et ferait soigner le sergent-chef blessé.

Elle ignorait également qu'une filière du parti socialiste prendrait l'écrivain en charge et que tous deux passeraient la ligne de démarcation. Qu'ils arriveraient enfin au Lavandou où, très rapidement, des pêcheurs les mèneraient à Gibraltar d'où le couple gagnerait Londres.

Elle ne savait pas davantage, Sylvie Thorn née Wowrzynetkowsky, qu'elle s'appelerait un jour Mme Dragance et qu'après quatre années à Londres aux côtés d'Henri dans les services de la France Libre, elle reverrait son pays libéré pour y vivre un bonheur dont elle n'avait osé rêver.

Elle ne savait rien de tout cela mais pensait que l'amour lui donnerait toutes les audaces.

Elle s'assit au volant et caressa avec douceur la joue ensanglantée de Dragance.

— On y va, mon amour chéri ?

Il grimaça un sourire et réussit un pauvre clin d'œil.

— Et allez donc !

Gollety et Labarthe regardèrent la petite Simca qui s'éloignait. Ils ne firent pas attention à Haudrusse qui restait prostré près de la barricade, ni aux hommes qui s'arrachaient avec violence les liasses de billets.

Ils n'écoutèrent pas non plus la T.S.F. restée allumée sur la B.B.C. où, en ce 18 juin 1940, une voix inconnue jusqu'alors disait :

« ... Moi, général de Gaulle, j'invite les officiers et les soldats français... »

Ils baissèrent la tête et rentrèrent chez eux tandis que la voix inconnue poursuivait :

« ... Quoi qu'il arrive, la flamme de la résistance française ne saurait s'éteindre, et ne s'éteindra pas !... »

FIN.

Septembre-octobre 2000.

Cet ouvrage a été réalisé par la
SOCIÉTÉ NOUVELLE FIRMIN-DIDOT
Mesnil-sur-l'Estrée
pour le compte des Éditions de La Table Ronde
en décembre 2001

COMPOSITION : ART:NO.